#1 AUTORA BESTSELLER INTERNACIONAL
KRIS BUENDIA

Nunca Ir
ME DEJES

Copyright © 2017 Kris Buendia.
Todos los derechos reservados. Ninguna parte de este libro puede ser reproducida o transmitida de cualquier forma o por cualquier medio, electrónico o mecánico, incluyendo fotocopia, grabación, o por cualquier sistema de almacenamiento y recuperación, sin permiso escrito del propietario del copyright.
Esta es una obra de ficción. Cualquier parecido con la realidad es mera coincidencia. Todos los personajes, nombres, hechos, organizaciones y diálogos en esta novela son o bien producto de la imaginación del autor o han sido utilizados en esta obra de manera ficticia.
2da Edición, Marzo 2017.
BILOGÍA NUNCA.
LIBRO 2.
Title ID: 6996032
ISBN-13: 978-1544291802
Diseño y Portada: EDICIONES K.
Maquetación y Corrección: EDICIONES K.

EDICIONES

ÍNDICE

SINOPSIS

Capítulo 1

Capítulo 2

Capítulo 3

Capítulo 4

Capítulo 5

Capítulo 6

Capítulo 7

Capítulo 8

Capítulo 9

Capítulo 10

Capítulo 11

Capítulo 12

Capítulo 13

Capítulo 14

Capítulo 15

Capítulo 16

Capítulo 17

Capítulo 18

Capítulo 19

Capítulo 20

Capítulo 21

Capítulo 22

Capítulo 23

Capítulo 24

Capítulo 25

Capítulo 26

Capítulo 27

Capítulo 28

Capítulo 29

Capítulo 30

Capítulo 31

Capítulo 32

EPÍLOGO

SOBRE LA AUTORA

Mis mentiras me habían llevado muy lejos, tanto que estuve en peligro muchas veces sin darme cuenta. Si tengo que arrepentirme de algo, sería de eso. De haber perdido el tiempo y dejarme pisotear de esa manera por no aprender lo que mis padres me decían una y otra vez.
No todo lo puedes arreglar.
Logan se fue y dejé de esperarlo. Ahora tengo a alguien nuevo en mi vida y lucho cada día por amarlo de la misma manera en que él me ama a mí. Ha recogido cada pedazo roto y me ha despertado de las más horribles pesadillas.
Pero de nuevo está Logan Loewen, ha regresado a poner mi mundo de cabeza... y no ha venido solo.
¿Ahora él viene a mí?
¿De cuántos capítulos será su amor ahora?
Él no era el chico malo como el de todas las historias que la chica buena se enamora de él. Él era el chico bueno que se convirtió en malo cuando la chica buena lo dejó ir.
Pero yo no lo dejé ir.
Él fue quien me dejó a mí para ir a buscar algo que yo no podía darle...
Debo ayudarlo, me necesita y debo aceptar que yo también lo necesito. Todo sea por amor.
El amor que se respira en el aire... Ése nunca nos ha dejado ir y NUNCA LO HARÁ.

CAPÍTULO 1

Observo por la ventana y veo caer la nieve, es muy difícil dejar de pensar en las posibilidades, en las mentiras y en los quizás.

Las posibilidades de que hubiese sido honesta con la gente que amo y amé en el pasado, les habría ahorrado mucho dolor y desilusión por no haber hablado con la verdad.

Aunque no fui la única.

Mis mentiras me habían llevado muy lejos, tanto que estuve en peligro muchas veces sin darme cuenta. Estaba viviendo una relación abusiva y demasiado altruista a nivel: estupidez. Si tengo que arrepentirme de algo, sería de eso.

De haber perdido el tiempo y dejarme pisotear de esa manera por no aprender lo que mis padres me decían una y otra vez.

No todo lo puedes arreglar.

Para aprenderlo, tuve que perderlo todo. O casi todo, porque todavía tengo a mi mejor amigo y hermano mayor conmigo, a su esposa que se convirtió en mi mejor amiga y a mi pequeño sobrino, Ethan.

Y es aquí donde entran los peros. Aunque tengo todavía a mi hermano y su pequeña familia, no tengo a mis padres, ni al amor que algún día soñé y que casi tuve.

No ha sido nada fácil superarlo y mucho menos olvidarlo. Pero he vivido con ello. Los primeros días fueron difíciles.

Las primeras semanas fueron aún peor.

Pero luego de los primeros seis meses, el sol empezaba a asomarse por mi ventana de nuevo y otra vez estaba por perderlo todo o más bien, los que quedaban iban a perderme... a mí.

Después de ese día, algo en mí cambió y el primer año no dolió... ni el segundo. Pensé que el tiempo no curaba todo, pero en realidad es que sí, aunque en los primeros días parezca todo lo contrario. A veces el tiempo te ayuda a olvidar o simplemente te da nuevas razones en las cuales ocupar tu mente.

Habían pasado dos años. Dos malditos años en que todo había sucedido.

Había perdido a mis padres y a Logan. Éste último decidió irse a base de mentiras y no sé qué duele más, su mentira acerca de que su ex prometida Azura no había muerto.

O su mentira al dejarme, diciéndome que iría a buscarla.

¿Buscar a quién?

Azura había muerto. Me hice esa pregunta los primeros días, los primeros meses e incluso el primer año. Para darme cuenta que Logan Loewen, simplemente me dejó y yo lo dejé ir.

No lo busqué.

No iba a hacerlo aunque muchas veces lo intenté, no tenía por qué buscarlo yo si fue él quien se fue sin decir más. Sin decir la verdad. ¿Tan poco confiaba en mí? He trazado tantas cosas en mi cabeza para llegar a la misma conclusión.

Se fue sin más... y tenía que aceptarlo.

—Me necesita.—dijo.

Al menos esta vez fueron dos y no las primeras cinco de once años atrás.

Ahora me doy cuenta que aquella niña de trece años no sufrió nada, comparado a la mujer que ahora soy y lo que sufrí esta vez. No fue rechazo, fue abandono a base de mentiras.

Me sentía sola a pesar de que no lo estaba. Muchas veces preferí que nunca regresara y espero que no lo haga ahora que hay alguien en mi vida.

Ha limpiado cada lágrima.

Ha recogido cada pedazo roto y me ha despertado de las más horribles pesadillas.

Él es Garrett.

El chico de club, aquel con el que bailé aquella noche mientras Logan moría de los celos y que mi hermano mayor me reprendiera por salir a la pista y bailar con un completo extraño.

Ahora Garrett no es un extraño para nadie, Dean lo respeta y le ha tomado mucho cariño.

Garrett me cuida.

Garrett me respeta.

Garrett no miente.

Garrett me ama.

Garrett, Garrett, Garrett.

Es perfecto. Pero de nuevo están los peros...

Yo no amo a Garrett.

Garrett creo que lo sabe pero no dice nada. Hemos estado juntos por casi un año, el mundo es tan malditamente pequeño que nos encontramos en Londres. Después de graduarme como psicóloga, decidí regresar a Londres por una brigada médica sobre salud mental sin fines de lucro.

Fue mi momento de dejar de pensar en mí y vivir para ayudar a otros. Aunque siempre había sido así mi vida.

Mientras daba un paseo por El London Eye Garrett capturaba en su cámara todo a su alrededor, incluso a mí.

Fue un momento extraño, era como si la vida me estaba dando una segunda oportunidad o algo, no lo sé. Pero me gustó haberlo encontrado ese día.

Porque justamente en ese momento sentí que Logan Loewen ya no ocuparía un lugar en mi corazón ni en mi mente. Y en ese mismo instante apareció Garrett.

Garrett iba a visitarme al centro médico, jugaba con los niños y nos tomaba fotografías. Él hizo que volviera a sonreír, algo que había dejado de hacer hace mucho tiempo.

Cuando mi visita en Londres terminó, regresamos a Toronto, Canadá. Su viaje había terminado antes del mío, pero Garrett hacía algo que también yo había olvidado hacer y eso era esperar.

La espera se había hecho algo inalcanzable, esperaba muchas cosas, como ser feliz por ejemplo, sentirme llena y no vacía.

Ahora mientras lo veo dormir, también veo por la ventana. La casa del jardín.

Dean quiere que vendamos la casa, yo me he estado rehusando a hacerlo, pero tarde o temprano tendré que lidiar con ello y creo que el momento ha llegado.

—¿Ellie? —Un Garrett soñoliento está buscándome en la oscuridad —Cariño, ven aquí.

—No puedo dormir.

Abre sus grandes ojos azules y se levanta de la cama. Su cuerpo caliente detrás de mí hace que cierre los ojos y deje salir un gran suspiro.

—¿Tuviste una pesadilla? —Pregunta y enseguida digo que no con la cabeza —¿Qué sucede entonces?

Me giro y lo veo, él me sonríe y besa mi nariz. Pongo mis manos alrededor de su cuello y le doy un beso breve.

—Estoy lista para que vivamos juntos.

CAPÍTULO 2

Mientras empaco mis cosas para ir al gran rascacielos donde vive Garrett, algo cae en mis pies y enseguida lo veo.

Las fotografías que tomé la primera vez en el centro infantil cuando Logan compró 100 carros de carrera de juguete. Aquella chica risueña ya no existe. Aunque solamente hayan pasado dos años, siento que la vieja Ellie quedó atrás, ahora soy una mujer independiente que se siente viva solamente...algunas veces, pero al menos he vuelto a la vida desde que él se marchó.

Cuando Logan me dio la condición de que no cometiera el error de enamorarme de él, yo no le dije la mía: Que no destrozara lo que quedaba de mi corazón.

Supongo que eso ahora es demasiado tarde porque fue lo primero que hizo.

Destruirme.

Ahora recuerdo aquel sueño donde Logan corría sin contrincantes a su alrededor. Él estaba yendo detrás algo, no estaba huyendo, tampoco luchando. Solamente quería alcanzar algo o a alguien.

No entiendo por qué no me dijo la verdad. Que ella había muerto, quizás él se encontraba en alguna fase, en la de negación, quizás la seguía esperando de algún modo. Pero entonces ¿Por qué se fue?

Tengo que dejar de hacerme esa pregunta ahora que he tomado una decisión bastante grande en mi vida y muy importante. Todos sabemos lo que viene después de tomar la decisión de irte a vivir con tu pareja. Pero a pesar de ello todas dan a una respuesta —o varias— muy clara.

Él nunca me amó.

Él quería olvidarla.

Me estaba utilizando y simplemente se fue.

—¿Qué tienes allí?—Garrett me sorprende y dejo caer las fotografías.

Algunas cosas no cambian, como siendo torpe y asustadiza chica.

Veo que Garrett las toma y aclara su garganta. Él conoce mi historia, él sabe lo que pasó y no precisamente porque yo se las haya dicho todas.

Es porque me vio ese día por televisión celebrando el éxito de mi entonces novio, el famoso Magic Loewen volvía a ganar la copa de la temporada de la NASCAR pero esta vez, estaba su chica a su lado celebrando con él.

Algunos todavía me llaman la chica de Magic Loewen. Pero cada vez ese recuerdo se va quedando en el aire.

—Te ves muy feliz aquí—Observa Garrett.—Supongo que fue aquí donde todo comenzó.

—No—Le digo quitándole las fotografías de las manos y hago que me vea—Era su segundo día en casa... y nada nunca comenzó.

—¿Quieres que las tire?

—Las fotografías no lastiman a nadie, Garrett— Digo alejándome de él un poco y sigo empacando—Son las personas.

Es extraño que siendo una doctora ahora, algunas cosas las puedo entender y otras no, y es porque siendo médico no te hace una especie de Dios y mucho menos lo es para un psicólogo.

Tenemos que vernos en la obligación de que los mismos consejos que damos a nuestros pacientes, sean tan efectivos y acertados para que también uno las pueda tomar cuando nos encontremos allí.

Ahora todo es distinto.

Soy heredera y rica, aunque esto último no me interesa en absoluto. Mi hermano se ha encargado de Roth Architects como lo soñó siempre mi padre cuando él llegase a faltar. Antes no me preocupaba por esas cosas, ahora es inevitable.

Todas las mañanas trabajo en el centro Florence, es uno de los mejores centros de atención médica de salud mental para niños, y tengo la oportunidad de ser parte de ello junto con los mejores especialistas. Y por algunas tardes y noches, acompaño a Garrett en su estudio. Tiene una galería muy importante en el centro y me gusta ayudar y perderme en la fotografía de sus paisajes.

Mis padres hubiesen estado orgullosos de mí. Es lo que dice Dean todo el tiempo. Y no lo dudo.

A veces me gustaría ser una de las fotografías y pinturas que tiene Garrett en su galería, estática, pero que sigue siendo una obra de arte, un atisbo diferente a lo que estamos acostumbrados a ver diariamente.

...

Termino de guardar las últimas cosas en las cajas y veo a mi alrededor.

Ahora parece que nadie haya vivido aquí, está sin vida y no es que antes tenía una. Desde que murieron mis padres la casa era todo menos un hogar feliz y lleno de vida.

Los únicos momentos en que podía sonreír en esta casa era cuando mi sobrino Ethan corría por todo el salón, a pesar de tener dos años de edad, tiene mucha energía, algo que Dean recuerda de mí.

Siempre estaba corriendo por todos lados, torpemente, pero lo hacía.

—¿Estás bien?—Garrett toma mi última caja y me sonríe.

Soy muy afortunada, hace cuatro meses me pidió que viviera con él, era ridículo vivir en una casa tan grande yo sola, tampoco quería irme a vivir por mi cuenta, aunque prácticamente era lo mismo que estar aquí.

Fue cuando me propuso vivir con él y palidecí. Jamás había imaginado vivir con un chico a los veinticuatro... al menos no con alguien como Garrett.

Cuando me negué no fue porque no lo valiera, era porque estaba entregándome más en cuerpo y por más que quisiera entregarle también mi alma, esa ya se la habían llevado hace mucho.

Sentía que él se merecía algo mejor. Pero entre más lo veo y siento su amor por mí. Merezco esta oportunidad y no debo ser yo quien lo joda todo ahora.

—Estoy bien, cariño—Le sonrío de nuevo y él me sonríe todavía aún más.

— Amo cuando me llamas cariño.

— Amo que lo ames—Contraataco divertida.

Deja la caja de nuevo en el suelo y me toma desprevenida. Mis pies de inmediato dejan de tocar el suelo y ya me encuentro con mis pies alrededor de su cintura y Garrett baja hasta quedar en el suelo, dejándome a horcajadas sobre él, mientras seguimos besándonos.

—Estoy tan feliz por esto, Ellie—Pega su frente a la mía y puedo sentir esa felicidad en todo su cuerpo, realmente lo quería y es lo menos que puedo hacer después de haber hecho tanto por mí.

Después de ese día... nada ha vuelto a ser normal. Y no hablo de cuando Logan desapareció. Sino de otra etapa dura, una que todavía no me atrevo a recordar.

—Quiero hacerte feliz—Lo veo y es lo que siempre me gusta decirle cuando no puedo decirle que lo amo tanto como él a mí.

Sigue su recorrido por el lóbulo de mi oreja y suelto un gemido en su cuello. Abro mis ojos y me doy cuenta donde estoy y me sobresalto.

—Tenemos que irnos.

—No puedes dejarme así—Baja su mirada y no es necesario que yo también lo haga, puedo sentirlo.

Me rio—Me encargaré de ello luego.

Me levanta junto con él del suelo y me hace un guiño antes de salir por la puerta y dejar la última caja dentro del auto.

Los muebles los hemos donado y solamente nos quedamos con lo valioso.

Los recuerdos.

Mientras vamos en el auto, nos detenemos en el supermercado para la última tarea del día antes de instalarme en su apartamento.

Entre más veo la sonrisa de Garrett, no me arrepiento de mi decisión. Aunque para Dean sea demasiado pronto, no protestó y apoyó mi decisión.

Cuando se casó con Bridget, ellos vivieron un tiempo en la casa de mis padres.

Hasta que los convencí de que estaría bien, y decidieron mudarse a unos tres ridículos minutos de donde vivíamos. Ahora me tocaba a mí, aunque no fuese casada, todavía no me atrevo ni a pensar en el matrimonio y Garrett tampoco, y eso por los momentos está bien.

—Cariño, dejé la billetera en el auto—Me avisa Garrett, tocando la parte de atrás de su pantalón— Ahora regreso.

—De acuerdo—Le sonrío y me lanza esa mirada coqueta de siempre.

A pesar de que Garrett sea perfecto para mí, su familia no piensa lo mismo. No lo discuto, no es fácil que la ex chica de un corredor famoso ahora vaya a vivir con su único hijo.

Muchos inventaron cosas como que estaba embarazada, buscaba la fama, y que engañé a Logan Loewen, de todas esas estupideces, su familia creía la mitad y a mí me daba igual, Garrett no es unido con su familia desde que éste abandonó la carrera de leyes y se dedicó al arte.

En poco tiempo me di cuenta que Garrett estaba tan solo como yo y por primera vez me sentí identificada, podía llenar ambos vacíos a la vez y quizás volver a enamorarme algún día de este chico maravilloso.

—¿Ellie?

No tropiezo, no me asusto, solamente se me hace un nudo en el estómago lleno de recelo por encontrarme una parte dolorosa y patética de mi pasado.
—Bastian.
—Qué alegría verte por aquí.
Intenta acercarse y doy un paso hacia atrás, no quiero que se acerque a mí.
—Lo siento—Levanta sus manos en rendición—No quise asustarte.
—Ya no me asustas, Bastian.
Me ve de pies a cabeza y se detiene en mi mirada de nuevo cuando dice:
—Parece que hubieras muerto.—Dice con tono de burla y al mismo instante aclaro mi garganta y veo hacia otro lado—Supe lo que te sucedió hace unos meses y…
—No quiero tu lástima, Bastian—Interrumpo y camino lejos de él, pero de inmediato me corta el paso.
—Esperaba que cuando te volviera a ver fuese casada, con hijos—Aprieta más su agarre y continúa acercándose—Pero no sola, triste…
—Quita tus manos de mi novia ahora mismo.
Cuando escucha la amenaza, suelta mi mano como si quemara y se da la vuelta para enfrentarlo. Bastian ve a Garrett y regresa su mirada en mí casi asombrado por haber pensado que estaba sola después de todo lo que ha sucedido.
—No estoy sola, Bastian—Le espeto con la frente en alto—Y aunque lo estuviera, jamás vuelvas a ponerme una mano encima, porque será lo último que hagas en tu maldita vida.
Camino hacia Garrett y toco su brazo, está listo para lanzar su primer golpe hacia Bastian, pero no vale la pena.

—No volverás a verme, Ellie—Casi grita cuando lo dice—Es una lástima que no nos despidamos como se debe.

Me detengo y digo sobre mi hombro—Yo sí lo hice hace dos años.

CAPÍTULO 3

Después de acomodar todo y oficialmente instalarme en lo que será mi nuevo hogar en compañía de mi novio. Pensé que sentiría algo y ahora me sorprendo a mí misma.

No siento nada.

Pensé que me sentiría abrumada, nerviosa, emocionada, triste o que una parte de mí empezaba a cambiar, pero me sorprendo viéndome al espejo y no siento nada. Todo es normal, pero debo admitir que un poco mejor.

—¿Cariño?—Llama Garrett tocando a la puerta y entrando al mismo tiempo—¿Estás bien?

—En un momento salgo.

Debo poner mi mejor cara, no fingir, pero intentarlo. Ha sido maravilloso conmigo con cada día que pasa y merece que ponga más de mi parte. Realmente soy feliz a su lado, pero estoy tan jodida que hasta he olvidado cómo expresarlo o tan siquiera saber la definición de esa palabra ahora. El amor.

Me siento a su lado para disfrutar de nuestra cena, Garrett es un fanático de la comida china y me ha hecho adicta a mí también a comerlo dos veces por semana.

—Acerca de lo que pasó en el supermercado...

—No tienes que hablar de ello si no quieres, Ellie.

—Realmente quiero hacerlo —Sostengo su mano y la llevo a mi regazo.

—Él es tu ex novio ¿Cierto? —Veo el odio en sus ojos— El que intentó hacerte daño.

Por una extraña razón una de las pesadillas que han venido a mi cabeza son sobre ese día en que Bastian intentó violarme en mi propia casa, Garrett estaba conmigo esa noche en Londres, susurraba asustada el nombre de Bastian y lloraba dormida.

No quiso presionarme para que le contase cómo pasaron realmente las cosas y lo agradecí, suficiente tenía ya para que supiera sobre el otro hombre que estuvo en mi vida, aunque no hay comparación en absoluto.

—Sí, es él.

Garrett aprieta mi mano sintiéndose impotente por alguna razón.

—No estaba seguro que era él —Niega un momento como si recordara cuando me vio con él— Pero la forma en que sostenía tu brazo...

—Garrett —Lo callo cuando me siento a horcajadas sobre él— No te lamentes porque llegaste a mi vida cuando todo estaba destruido.

—No hay día y noche en que no me lamente por no haber pedido tu número esa noche que bailamos en el club.

Me rio —Te hubiera rechazado —Acaricio su cabello— Mi corazón ya pertenecía a alguien.

—¿Sigue perteneciéndole?

Esa pregunta hace que me detenga y lo vea a los ojos. Si voy a hacer esto, lo haré bien.

—Mi corazón es tuyo—Me acerco a su rostro—Al menos lo que queda de él.
El color vuelve a sus ojos y profundiza nuestro beso. La primera vez que hice el amor con Garrett tenía miedo que viera una parte nueva en mí. Tenía miedo de que saliera corriendo cuando viera lo rota que estaba.
Pero él solamente ha hecho una cosa… y ésa es amarme.
Me quita la blusa por encima de mi cabeza y lo permito. La sala principal siempre está iluminada. Antes me sentía un poco nerviosa de que quizás no fuese perfecta para él.
Pero como si leyera mi mente, se levanta del sofá conmigo alrededor de su cintura y camina hacia su habitación. O nuestra habitación.
—Quiero hacerte el amor en cada rincón—Dice con voz ronca—Pero vamos a empezar por aquí.
—Siempre lo hacemos aquí—Jadeo apretándome más hacia él
—Pero ahora ésta también es tu casa, cariño.
Hace que todo en mi interior se sacuda por ser tan especial y perfecto conmigo. Sigue recorriendo todo mi cuerpo hasta que estoy completamente desnuda ante él.
—Eres hermosa.
Una lágrima se me escapa y él la limpia. Me besa de nuevo y le ayudo ahora a despojarse de su ropa. Sin quitar mi mirada de la suya.
Se coloca sobre mí y quita el cabello de mi rostro para trazar besos por toda mi cara.

Si antes me hubiesen preguntado si imaginaba que aquel chico que me susurró al oído que bailara con él, ahora sería mi compañero de hogar y novio. Jamás lo hubiese imaginado, porque pensé que nadie se fijaría en mí.

—Te amo, Ellie.

Lo siento dentro de mí sin previo aviso y clavo mis uñas en su espalda para moverme debajo de él.

—Garrett...

—Shhh—Me calla para empezar a chocar sus caderas más dentro de mí. Siempre se siente como si quisiera quedarse así para siempre, que yo lo ame de la misma manera. Y mientras más me adora y me cuida, más lo voy sintiendo dentro de mi ser.

Es increíble lo que me hace sentir, cuando estoy entre sus brazos me olvido de todo. Fue exactamente como sucedió la primera vez.

Cuando nos encontramos en Londres, fue tan irónico. Pensaba que no quería estar con nadie más, que me iba a dedicar día y noche a mi carrera. Pero después apareció el flash de su cámara, me hizo reír tanto cuando casi cae por correr hacia mí.

Después sus visitas constantes al hospital, las citas y por último ése segundo primer beso que jamás me imaginé. Al principio me asusté, traté de alejarlo tantas veces como fuese posible, salvarlo de la agonía que significaría estar conmigo.

Pero de nuevo me encontraba con alguien, cuyo corazón estaba solo. Garrett a diferencia mía, me sorprendió que toda su vida ha sido un jugador, un rompecorazones, un follador.

Hasta que llegué yo, Garrett dijo que le gusté desde la primera vez que me vio y bailé con él y se sorprendió así mismo pensando ese momento que no quería llevarme a su casa, sino tener una cita conmigo. Meses después volvió a sorprenderse cuando me miró por televisión en compañía de mi entonces novio y para su maldita suerte, le gusté todavía más.

Nunca hablamos de Logan, no me pregunta por él, y eso me gusta. Porque ahora Garrett es mi presente. Garrett, Garrett, Garrett.

Quiero amarte como me amas.

—Garrett...Te quiero.

Abro mis ojos al darme cuenta lo que acabo de decir, jamás le había dicho algo como eso, y aunque no sean los mil te amo que Garrett me dice, para él ha sido la gloria.

—¿Qué has dicho?—Pregunta con voz cansada.

Toco su rostro—Te quiero.

—Repítelo—Me pide volviendo a tomar el ritmo.

—Te quiero.

—Repítelo.

—Oh, Garrett.

—¡Repítelo!

—¡Te quiero!—Grito llegando al punto del éxtasis, atisbo una sonrisa complacida en su rostro y se deja caer sobre mí, besándome y mordiendo mi labio inferior.

Sí, o fue lo más maravilloso... o lo más estúpido que pude haber dicho.

CAPÍTULO 4

Mis pacientes el día de hoy en Florence han sido maravilloso, dos de ellos me sorprendieron. Una de ellas fue Lyci, la pequeña de ahora doce años que sufre síndrome de Down. Me ha regalado uno de sus dibujos, siempre me da uno cada vez que nos visita, pero esta vez el dibujo es especial, porque ha dibujado una familia en ella.

—Gracias, Lyci—Le doy un abrazo y ella me sonríe.

—Algún día tendrás una familia así ¿Verdad?

—Desde luego—Yo también quisiera creerlo algún día.

—Es una lástima que no haya ganado la apuesta. Eso me confunde—¿Qué apuesta, cariño?

—La que hicimos hace dos años con Magic Loewen.

Casi me atraganto y me voy de cabeza. ¿Ella todavía lo recuerda?

Fue cuando Logan me acompañó junto con Dean a uno de los centros que visitaba, aquella apuesta fue: Que si yo me llegaba a casar con Logan Loewen, Lyci pintaría mi rostro con sus marcadores permanentes. Y no solamente eso, fue Logan quien se ofreció alegando que él era más atractivo que yo. Por lo tanto él se dejaría pintar el rostro.

Mi corazón salta y los ojos se me tornan llorosos.

Es increíble que lo recuerde, ella apenas tenía diez años y me ausenté del hospital. Después de que los padres de Lyci se dieron cuenta que trabajaba aquí, la pequeña Lyci quiso verme de inmediato, al igual que yo a ella, es por eso que ahora soy su doctora.

—Supongo que ya pensaremos en algo, pequeña.

—Sí—Se encoje de hombros un poco decepcionada.

—¿Qué te parece si vamos a dar una vuelta a la piscina?

Abre la boca sorprendida—Pero si hoy no es mi cumpleaños.

Ahora me rio yo, por alguna razón Lyci piensa que cada vez que alguien hace algo especial, o recibe un regalo es porque es su cumpleaños.

Ella dice que todos los días son un motivo para celebrar y Dios la bendiga por ello, es una niña de la cual todos debemos aprender a enfrentar la vida, pese a su condición.

—Vamos a celebrar que hoy es un día para sonreír.

—¡Sí!

Nos encaminamos cerca de la piscina, el centro Florence brinda terapias de natación, la natación tiene unas características especiales que no poseen otros tipos de ejercicios aeróbicos, como aliviar tensiones y la ansiedad.

Mientras Lyci y yo nos sentamos en el césped y la observo tomar la terapia de grupo junto con otros niños que sufren el mismo síndrome, veo al director junto con un enfermero que están conversando con un par de familiares.

Es una pareja un poco mayor, y lo que llama mi atención es que veo a una pequeña niña que ha soltado el muslo de la mujer para jugar con las flores que están cerca de la piscina.

No soy madre, y tampoco pensé que tendría instintos maternos, o es simple sentido común y mi sexto sentido, pero la nena está jugando demasiado cerca de la orilla de la piscina sin la supervisión de los mayores.

Me levanto poco a poco—Ahora regreso—Le aviso a uno de los enfermeros, para que cuide al grupo.

Y como si una parte de mí se desprendiera, corro hasta donde está la pequeña niña, calculo que tiene unos dos o tres años.

Sus grandes ojos grises se encuentran conmigo por un segundo antes de que caiga a la piscina de lleno.

No lo pienso dos veces y salto en su rescate cuando escucho los gritos—demasiado tarde—de su madre.

—¡Zoe!

Cargo a la niña en mi pecho, se ha sumergido lo suficiente para tener miedo, ya que se aferra demasiado a mi cuello mientras voy saliendo de la piscina.

Varios enfermeros y sus padres intentan ayudar, pero la niña apenas y gimotea abrazándome con fuerza.

—Shh —Froto su espalda— Ya está, ya está.

—¡Oh, por Dios! —Llora su madre— Mi pequeña, Zoe.

—¿Cómo es posible que no la viera? —Suelto de un solo golpe, importándome poco no conocerla— Pudo haberse ahogado.

Ella vuelve a llorar en el pecho de su esposo y él apenas y me sonríe en forma de agradecimiento.

—Lo siento por mi enfado— Me mido por un segundo— Pero saben que tengo razón.

—Dra. Roth— Dice el director Ronald— Lamento mucho tener que presentarlos de esta manera y me disculpo también por no estar atento ante la pequeña.

La señora se acerca y como puede me quita a la pequeña, pero ella se niega.

—Zoe, ven con mamá.

En ese momento Zoe grita demasiado hasta el punto en que tengo que apretar mis ojos y sostenerla bien para que no se me caiga de los brazos.

—La llevaré a mi despacho— Les aviso— Vengan por aquí, por favor.

El director y los padres de la pequeña Zoe me siguen hasta mi despacho, cuando llego, acuesto a Zoe en la camilla y saco un par de toallas del baño y la seco, es extraño que no quiera dejarse tocar ahora por su madre ni su padre, quienes me ven con un poco de recelo ahora al ver la reacción de su hija ante mí.

—Dra. Roth— Vuelve a decir el Dr. Ronald— Los señores Stanton han traído a su pequeña hija Zoe, estaba pensando en asignarla al Dr. Raly, pero ya que la pequeña no ha rechazado su tacto o compañía…

—Por supuesto—Lo interrumpo mientras continúo secando el cabello de Zoe—Y me gustaría que lo habláramos cuando la pequeña no esté presente y se haya calmado, sea cual sea el motivo por el cual la han traído aquí.

Que tenga poca edad no quiere decir que no sepa que ella parecer ser especial y diferente a los demás.

Hay que ver sus ojos para darme cuenta que parece que estuviese en su propio mundo y después de este episodio me temo que es así.

Una vez Zoe ha dejado de llorar, le he dado un par de marcadores y un cuaderno de pintar y se ha sentado en mi escritorio a dibujar un poco, estamos a una larga distancia.

Pero algo corta para vigiarla desde donde estoy con el Dr. Ronald y los padres de Zoe.

—Soy la Dra. Roth—Les tiendo la mano—Y con gusto seré la especialista de Zoe, ¿Pueden decirme cuál es su condición?

—Los señores Stanton han venido desde muy lejos para encontrar el mejor centro que pueda atender la condición de su hija y uno de sus familiares le han recomendado este centro—Prosigue el Dr. Ronald—La pequeña Zoe se le detectó autismo, todavía no sabemos con exactitud su capacidad para comunicarse y relacionarse con otros.

—Entiendo—Veo a Zoe y su largo cabello castaño, sus grandes ojos grises gritaron miedo y por alguna razón no quisiera volver a verlos tan asustados— Les aseguro que juntos ayudaremos a Zoe.

—Gracias Dra. Roth—Asiente el señor Stanton—Nuestra pequeña ha sufrido mucho, no nos dimos cuenta de lo que realmente le pasaba hasta que vimos que no le gustaba jugar con otros niños de su edad gritaba cuando alguien se le acercaba y es extraño que siendo usted una extraña ella no sienta miedo alguno.

—Quizás fue porque la alejé del peligro—Los veo a los dos y el señor Stanton es el único que está de acuerdo conmigo, su esposa sigue viéndome de mala gana.

—Espero que pueda ayudarla—Se limita a decir.

—Lo haré—Veo a Zoe por un segundo

—Empezaremos desde mañana, quiero conocerla un poco y que ella sienta confianza conmigo y también se sienta segura de donde está, me han dicho que vienen desde lejos, a veces el cambio para los niños como Zoe no siempre resulta algo positivo.

Una vez terminé de hablar con el Dr. Ronald y los padres de Zoe, la vería dos veces por semana, en los ojos de sus padres podía ver que estaban bastante desesperados por ayudarla y yo me sentía más que decidida en querer y poder hacerlo.

Tengo mucha experiencia en diferentes casos, Zoe y Lyci no son mis únicos pacientes, y por supuesto, también tengo pacientes adultos y uno que otro joven problemático en busca de atención.

Pero Zoe, siento que es especial. Me recuerda a alguien, solamente que no sé con certeza a quién.

CAPÍTULO 5

Las nuevas fotografías y pinturas que Garrett ha colgado en su galería son muy bellas, mañana por la noche tendrá una presentación, y es una lástima encariñarme con algunas, porque siempre son las primeras en venderse.

—Me gusta esa—La observo—No se sabe si es mujer u hombre, es una mirada que todos podemos tener, como «*la soledad.*»

Garrett me abraza por detrás y observa el cuadro conmigo. Lo de anoche fue extraordinario, debo admitir, pero haberle dicho que lo quiero, más no un te amo, no sé si lo arruiné o realmente estoy poniendo de mi parte.

—No sabes lo feliz que me siento ahora que estoy recuperando una parte de ti—Susurra en mi cuello—Estoy ganándome tu corazón, cariño.

—Lo tienes…

—Lo que queda de él—Interrumpe un poco frustrado—Lo sé, pero también sé que hay más.

Me giro para verlo, tiene ese rostro lleno de esperanza y adoro eso de él.

No sé qué hubiese sido de mí sin él estos meses, me ha hecho muy feliz aunque no pueda expresarlo, mi corazón—o parte de lo que queda de él—y mi cuerpo lo saben.

—Te quiero—susurro besando sus labios—Te quiero, Garrett.

La preocupación se esfuma de su rostro y me sonríe mientras regresa a lo suyo.

No es que espere lo peor de las personas.

Pero he conocido algunas facetas de Garrett que no son para aplaudirlas, como sus celos—algo muy normal entre hombres y mujeres—que a veces aparecen y a veces están tan ausentes como mi amor por él.

Él ha perdido casi todo, pero lo que lo ha mantenido de pie es que nunca ha tenido eso que sin saberlo, lo perdió. Algo que es mejor a haberlo tenido unos cuantos segundos para que la vida o el destino te lo arrebatasen.

La puerta se abre, y veo a Bridget entrar en compañía del pequeño Ethan.

Mi sonrisa es de oreja a oreja al igual que la de mi sobrino cuando me ve.

Sale corriendo y salta a mis brazos antes de caer. Mi pequeño sobrino es un pies de gelatina todavía al igual que su tía.

—Hola, mi príncipe—Lo beso en toda la cara.

—¡Tia Eie! —Grita abrazándome.

Garrett y Bridget rompen en carcajadas, cada vez que lo escuchan llamarme así.

Cuando bajo de mis brazos a Ethan, corre a tocar un par de pinturas aun frescas de Garrett, como es de costumbre, Garrett sale corriendo divertido detrás de él.

—Hola—Saluda Bridget con un abrazo—¿Mal día?

—¿Tanto se nota?

—Te ves como la mierda—Se mofa—Cuéntamelo todo.

—No sé por dónde empezar—Le digo, mientras tomamos asiento en la pequeña sala de espera de la galería.

Vemos a Garrett enseñándole a pintar a Ethan, es increíble que Garrett se esfuerce por caerle bien a mi pequeño príncipe, siempre que me ve con él, le quiere demostrar que soy su tía Eie y eso es muy adorable.

—Empieza por lo que es peor.

Pongo los ojos en blanco—Ayer nos encontramos a Bastian—Comienzo haciendo cara de asco—Fue tan desagradable, Garrett estaba allí.

—Es un idiota—Agrega Bridget—Que se haya casado con Brenda no deja de ser un idiota, aunque debo admitir que haber hecho eso, y llevársela de casa fue lo mejor.

Y estoy de acuerdo. Después del rollo de que Brenda estaba embarazada y que al final resultó ser hijo de Bastian y no de Logan, gracias a que los padres de éste insistieran en una prueba de paternidad, decidieron casarlos a la fuerza.

Sino al semental de Bastian iban a despojarlo de todo y además, Un Lodge no anda por ahí dejando hijos sin un padre.

—¿Te hizo daño?—Pregunta enseguida.

—Por suerte Garrett llegó—Lo miró por un segundo—Pero no le tuve miedo, por primera vez.

—Ellie—Toca mi mano—Hay algo más ¿Cierto?

—Las pesadillas han regresado—Confieso—Pero es extraño que no le haya tenido miedo.

—Es algo bueno que ya no le temas, pero lo de las pesadillas me preocupa. ¿Lo sabe Garrett?

Asiento—Él me ha despertado cada noche.

—¿Cada noche?—Cuestiona sorprendida.

—También le dije que lo quería.

—¿¡Hiciste qué!?—Exclama con la boca abierta y la reprendo enseguida por lo bajo.

—Lo sé—Admito nerviosa—Pero realmente lo sentí, es tiempo de que lo intente ¿No crees?

—Ellie—Dice como si pudiera leer mi maldita mente—No fuerces a tu corazón a sentir algo que tú y yo sabemos que…

—No—La corto—Quiero a Garrett, quiero amarlo como él a mí… ha dado mucho por mí.

—No debes atarte a alguien por agradecimiento—Insiste—Él ha sido como un rescate para ti estos últimos meses, después de todo lo que pasó y lo que tuviste que vivir cuando Logan…

Se detiene por un segundo viendo mi rostro sorprendido.

—Se trata de él ¿Cierto?—Adivina, leyendo mi rostro—Quieres amar a Garrett para olvidarte de Logan, es por eso que estás así.

—No digas tonterías—Desvío la mirada de nuevo hacia los cuadros a nuestro alrededor—Logan quedó atrás, han pasado dos años…

—Te amaba—Interrumpe, dejándome sin palabras.

El corazón se detiene por un segundo al escuchar las palabras de Bridget, hace mucho tiempo que no hablaba de esta forma de él, de hecho está prohibido hacerlo, ni siquiera lo hablo con Dean, pero mi mejor amiga y cuñada no tiene miedo de mi reacción como yo.

—Me mintió—Mascullo, sintiendo el nudo en mi garganta—Me ilusionó… me dejó. Y gracias a él soy lo que soy ahora, atrapada en un maldito recuerdo que no me deja ser feliz con la persona que realmente me ama de verdad y que sé que jamás me haría daño de la forma en que Logan Loewen lo hizo.

Bridget aclara su garganta y veo el brillo de tristeza en sus ojos, por supuesto que lo sabe. No puedo permitirlo, me prohíbo vivir en el pasado y en ese recuerdo feliz que duró pocos capítulos en mi vida hace dos años.

—Lo lamento—Se disculpa—Sé lo que fue para ti, solamente no quiero que sigas sufriendo, es todo.

—No sufro… al menos no como antes.

—¡Mami, mami!—Grita Ethan corriendo hacia Bridget.

—Es mejor que nos vayamos a casa, cariño.

—¡Tía, Eie!—Se lanza en mis brazos—Te amo, tía Eie.

—Yo también te amo, cariño—Le lleno la cara de besos. —Pórtate mal con tu padre.

Bridget y Garrett se ríen de mí y siento la mirada de mi novio enseguida, siempre que me ve con Ethan veo un brillo especial en sus ojos. Me despido de Bridget con una mirada de nostalgia y regreso con Garrett, sigue colocando las pinturas y viendo otras, su manía de perfección antes me irritaba, pero ahora me gusta y divierte.

—¿Va todo bien? —Pregunto.

—Yo... —Niega nervioso— Olvídalo.

Deja el cuadro en la posición que estaba y se dirige de nuevo a la sala principal, parece nervioso y casi molesto, nunca lo veo así y ahora eso me confunde.

—¿Qué sucede? —Le pregunto cuando voy detrás de él.

Se da la vuelta y muerde su labio inferior cuando dice:

—No pude evitar no escuchar un poco de tu conversación con Bridget.

Oh, mierda.

—Tú nunca me mentirías ¿Verdad? —Pregunta de repente, dejándome inmóvil ante mi propia respiración.

—Nunca lo he hecho, Garrett. Sabes todo de mí.

—Entonces respóndeme lo siguiente —Pide acercándose a mí, me toma las manos y las lleva a su cuello para verme a los ojos— ¿Qué harías si él regresara?

Veo sus ojos, piden a gritos una respuesta sincera, el corazón se me desboca mientras intento abrir mi boca para darle la respuesta que quiere y necesita. Ni en un millón de años esperé hacerme esta pregunta, ni siquiera lo había imaginado porque lo único que he deseado desde que estoy con él es que Logan no aparezca ni siquiera en mis pensamientos.

—No vayas a responder lo que quiero escucharte decir, Ellie —Advierte— Quiero honestidad.

Me acerco más a él y beso sus labios, para al mismo tiempo alejarme de él y que vea la respuesta también en mis ojos.

—No tengo que hacer nada—Me ve sin intención de interrumpirme—Fue él quien se fue, yo no fui quien rompió las promesas, quien mintió y huyó. ¿Por qué debería de hacer algo si estoy ahora contigo?

—¿Y qué pasa si todo tiene una explicación?— Pregunta de inmediato tomándome más fuerte de la cintura.

—No hagas esto ahora, Garrett—Suplico tomándolo del cuello—No tiene caso regresar al pasado.

—Para mí es importante.

—¡Para mí no!—Mascullo enfadada, separándome de él—No hagas esto ahora, acabamos de dar un paso grande en nuestra relación, éstas son cosas que se hablan antes, Garrett. No pueden simplemente...

A grandes pasos se acerca a mí y me toma del cuello para besarme con mucha necesidad de callarme. No sé qué otra cosa hacer o decir, así que continúo el beso para no cometer una tontería.

El pasado es una tontería.

CAPÍTULO 6

Zoe Stanton es una niña muy hermosa, la he estado observando por los primeros cuatro días desde que comenzamos la terapia.

Después del accidente de la piscina, la pequeña confía cada día más en mí aunque sigue sin compartir con otros.

En el mundo del autismo existen varios tipos y sé en cual se encuentra la pequeña Zoe.

—Señores Stanton—Empiezo a explicarles mientras caminamos por el jardín, observando a Zoe jugar con una muñeca cerca de nosotros—Lo que vemos con Zoe es el Trastorno de desintegración infantil.

—Pensé que solamente se trataba de su crecimiento—Dice su padre—Zoe ha pasado por mucho desde que nació.

—Me lo puedo imaginar, pero habitualmente existe un primer periodo de síntomas característicos: irritabilidad, inquietud, ansiedad y relativa hiperactividad. He visto ciertas fases de ella estos últimos días.

Y lo que sigue la pérdida progresiva de capacidades de relación social.

—¿Está diciendo que mi hija será una niña rara para toda la vida?—Pregunta ahora la señora Stanton y los vellos de mi cuello se erizan al instante a referirse a su hija de esa manera tan fría.

—Zoila—La reprende su esposo—Deja a la Dra. Roth terminar.

—Señora Stanton, no queremos que Zoe atraviese alteraciones marcadas de las relaciones personales, de habla y lenguaje, pérdida o ausencia de interés por los objetos, cuya terminación no sería rara sino perdida y aislada del mundo.

—¿Cómo puede y podemos ayudarla, Dra. Roth?

El hombre está desesperado por ayudar a su pequeña hija, es una lástima que su esposa no sea tan comprensiva, sino más bien evasiva a la realidad por la cual están atravesando. No la conozco pero me estoy dando una idea de la clase de persona que es. Por algo me recuerda a la loca hermana de Bridget. Brenda, ella y la señora Zoila parece que fuesen la misma persona. Frías y sin empatía por los demás ni de los suyos.

—La terapia consistirá en una serie de sesiones—Me acerco poco a poco a la pequeña y ella parece bajar la guardia por un momento—cuyo objetivo es la obtención de capacidades intensivas como las sociales y del lenguaje.

—Me parece una pérdida de tiempo todo esto—Dice su madre y de inmediato siento la tensión de la pequeña Zoe—No vinimos hasta aquí para que nos diga que nuestra hija es una retrasada que necesita de ciertas capacidades.

—¡Zoila!—El grito del señor Stanton hace que Zoe se irrite y empiece a gruñir apretando su muñeca.

De inmediato me pongo de rodillas—Zoe, cariño—Le sonrío y toco su cabello pero me aparta—No pasa nada, cariño.

Su padre se acerca y enseguida la levanta del suelo y empieza a lanzarla al aire hasta que Zoe ahoga risas y parece distraerse de lo que acaba de suceder.

—Esto es lo más lejos que puedo llegar—Dice su padre—Haremos que lo que sea necesario para el bienestar de Zoe.

Le sonrío por su optimismo y fulmino con la mirada a su mujer, que parece ahora avergonzada, creo que la que necesita una buena terapia también es ella, me pregunto si el problema de Zoe no se debe al comportamiento de su madre.

—La terapia incluye también a las personas que conforman el entorno del sujeto—Continúo—padres, hermanos, etc.—Todo apoyo es importante y creo que Zoe lo necesitará.

Muerdo mi labio inferior antes de hacer la siguiente pregunta:

—Ustedes dijeron que vienen de lejos—Ambos asienten—¿Son los únicos familiares de Zoe?

—La verdad es que...

—Somos los únicos—Interrumpe la señora Stanton a su marido—Soy su madre, y creo que con nosotros basta.

—No quise entrometerme—Me disculpo—Si son solamente ustedes, el trabajo será mayor pero esperemos que tenga buenos resultados, Zoe aún está pequeña, por lo que puede irse desenvolviendo poco a poco y ser tan normal como los niños de su edad.

—Se lo agradecemos mucho, Dra. Roth.

El padre de Zoe me tiende la mano y esto significa que es una despedida, no voy a indagar más, creo que por hoy es suficiente, y ahora creo que Zoe solamente tendrá a su padre y por supuesto a mí. Ya que su madre todavía no quiere ver la realidad de las cosas.

No la conozco, pero no me fío de ella, ni la forma en que me mira o mira a su propia hija.

...

He regresado al apartamento y Garrett no está en casa, siempre es el primero en llegar. Me voy a la bañera y preparo un baño de burbujas para relajarme. Cuando me encuentro dentro, observo mi cuerpo detenidamente, no es que antes no lo hiciera, es que ahora todo es distinto y me hago la siguiente pregunta:

«¿*Estoy haciendo las cosas bien?*»

Mis padres siempre me decían que no todo lo podemos arreglar, tengo que aceptarlo tarde o temprano, a veces siento que lo hago y otras veces no, empezando por mí.

No soy objeto que deba ser *"reparado"* solamente necesito seguir sanando.

La pérdida se volvió algo rutinario en tan poco tiempo para mí en estos últimos años y no pienso seguir perdiendo a más personas, muchas veces no sólo la muerte puede ser un ejemplo de perder.

—¿Qué haces aquí?—Pregunto con la voz entrecortada, luce diferente a pesar de que han pasado solamente dos años, ahora se ve demasiado cansado y ya no luce peligroso como cuando lo conocí.

—Ellie—Es lo único que dice.

—Responde, Logan—Le ruego—¿A qué has venido?

Cuando veo que quiere acercarse doy un paso en falso hacia atrás y caigo.

—Mi pequeña Ellie sigue siendo una torpe—Se burla y aunque era uno de sus insultos y me hacían reír, ahora me duele, porque todo ha cambiado, ya nada es igual.

—Tú no deberías de estar aquí.

Permanezco en el suelo, uno muy blanco y no hay nadie a nuestro alrededor pero llevo mi bata de doctora.

Logan se agacha y toca mi cabello largo, mi rostro y toma mi mano.

Ese roce suyo de nuevo me traslada a dos años atrás, cuando era una chiquilla enamorada, malcriada y confusa. Ahora soy una mujer, no puede venir y tratarme como si fuese una idiota.

Él me dejó.

Él me mintió.

—Es aquí donde debo de estar, Ellie—Se acerca poco a poco y puedo sentir de nuevo su aroma, es el mismo aroma peligroso de siempre—Tienes que ser fuerte, nena.

—¿Fuerte? —susurro cerrando los ojos—Cuando te fuiste no tuve otra opción más que ser fuerte, Logan.

—No llores, nena.

Ni cuenta me di cuando estaba llorando hasta que Logan limpia las lágrimas de mi rostro, él no lo entiende. Es tarde.

—Ya no te amo—mascullo viéndolo a los ojos—Hiciste que te odiara.

—Eso no es cierto—Ahora sí se ríe y ha vuelto a ser el Logan Loewen que estaba conmigo, él que me amó años atrás y el que me sonreía a cada segundo—Y te lo voy a demostrar.

Un fuerte ruido que viene desde abajo me hace abrir los ojos.

Todo era un sueño, pero lo sentí tan real, aún tengo lágrimas en mis ojos y puedo sentir el aroma de Logan todavía en el aire.

Debo de estarme volviendo loca, o estoy demasiado cansada que seguramente eso hizo que soñara con él. No había soñado con Logan antes, ni siquiera cuando se marchó. Solamente soñaba con Bastian y esa tarde cuando intentó hacerme daño. Pero con Logan no, Logan desapareció junto con lo que quedaba de mí.

Bajo las escaleras y veo que la ventana de la cocina es la que hace el ruido, hay mucho viento afuera y está empezando a hacer frío. Son más de las seis, es extraño que Garrett no haya regresado a casa aún.

Voy hasta mi bolso y saco mi teléfono móvil, debe de seguir en el estudio, cuando anda inspirado no hay nada ni nadie quien lo saque de ahí y vale la pena al final ver las hermosas obras que crea.

—Hola, cariño—Responde—Lamento mucho no haber avisado, voy a casa ahora mismo.

—Me tenías preocupada.

Escucho que se ríe—¿Si te digo que me siento especial que te preocupes por mí, eso está mal?

Ahora me rio yo—Eres un raro—veo por la ventana y ha empezado a llover—Por favor ten cuidado camino a casa.

—Lo tendré.

—De acuerdo.

—¿Ellie? —Llama del otro lado.

—¿Sí?

—Te amo ¿Lo sabes?

—Lo sé.

Escucho que corta la llamada y regreso a la cocina, tengo mucha hambre y decido preparar algo para Garrett y para mí. Mientras estoy terminando de preparar la comida, escucho el alerta en mi teléfono.

Pienso que debe ser mi hermano o Bridget, pero cuando leo el mensaje de texto un pinchazo en mi corazón me advierte que es solamente el comienzo de una terrible pesadilla.

¿Qué se siente perderlo todo?

Intento llamar a quien sea que haya enviado el mensaje, seguramente es una broma de muy mal gusto o simplemente número equivocado, pero enseguida veo que se trata de un número privado.

¿Qué se siente perderlo todo?

Veo la fotografía familiar en la sala de nuestro apartamento y sonrío.

—No lo he perdido todo—Digo en voz alta.

Por supuesto que no, y quien quiera que haya sido, si quiere asustarme, no lo va a conseguir.

Cuando Garrett al fin llegó, sorprendiéndome con un gran beso que amenazó con dejar que la cena se enfriara, era lo que necesitaba para olvidarme de ese mensaje.

No iba a decírselo como una cobarde, lo iba a ignorar porque importaba más dedicarle tiempo a mi novio que preocuparme por un mensaje sin sentido.

—Tendré otra presentación mañana por la noche—Me avisa Garrett, mientras estamos cenando, apenas he tocado mi comida—Es por eso que se me hizo un poco tarde y quería sorprenderte.

—¡Eso es genial!—Me enorgullece—Nunca has tenido dos presentaciones seguidas en el mes.

—Bueno—Me hace un guiño—Es porque ahora tú eres mi musa.

Me hace sonreír y al mismo tiempo me siento culpable, Garrett puede decir que soy su musa o su inspiración, pero sabemos que estoy lejos de serlo.

—¿Qué sucede? —Pregunta atisbando la culpa en mi rostro.

—Nada—Niego, tomando un sorbo de vino.

—Sé lo que estás pensando—Demanda serio— Deja de culparte, me gusta estar aquí contigo, tu trabajo está aquí.

—Pero tú siempre has querido viajar—Le recuerdo un poco molesta que sea tan frágil conmigo— A veces siento... que te estoy deteniendo, después de lo que...

—Ellie—Me corta un poco enfadado—Ya llegará el momento en que viajemos juntos, sé lo que significa tu carrera para ti, además tu nueva paciente te necesita, no te culpes por ello.

—Si vuelven a ofrecerte que hagas una presentación, tienes que ir—Le pido—Prométeme que irás, yo estaré bien y si puedo acompañarte lo haré.

—Ellie...

—Prométemelo—insisto.

—Te lo prometo—Dice derrotado.

—Desde que te conocí solamente te he pedido una cosa—Le recuerdo con un nudo en mi garganta— No desistas de tus sueños por estar atado a mí... te apoyaré en cualquier decisión que tomes, pero sé que viajar es lo que siempre has querido, fue así cómo nos conocimos...

—¡Basta!—Su fuerte voz me hace callar y lo veo— ¿Estás alejándome de ti? ¿Es eso?

—No, Logan, lo que quiero decir...

Una oleada fría se apodera de todo mi cuerpo y siento que me falta al aire al darme cuenta de mi error, veo a Garrett y parece que va a estallar

Pero cuando se levanta de la mesa sin decir una palabra y sale por la puerta, me llevo las manos a la boca... algo demasiado tarde.

CAPÍTULO 7

Cuando desperté esta mañana, me di cuenta que Garrett no llegó a dormir, y no lo culpo, jamás hemos tocado el tema de Logan por obvias razones, pero el error que cometí anoche lo vale mucho más para que solamente haya salido corriendo lejos de mí.

Decido llamarlo, pero enseguida me da al buzón de voz. Debe de estar en la galería, así que no lo pienso mucho y conduzco hasta allá.

Todavía falta un par de horas para que esté en el centro.

¿En qué demonios estaba pensando? ¿Por qué lo llamé por el nombre de Logan?

Su rostro lo dijo todo, le había roto el corazón, también decepcionado y por una parte, también cree que le mentí cuando le he dicho estos días que lo quiero.

Llego a la galería y veo el auto de Garrett afuera, es buena señal, pero cuando bajo del auto y veo el letrero de **CERRADO** me detengo. Busco entre mis llaves la de la galería y la introduzco con mano temblorosa.

Entro con toda la fuerza y el deseo de poder enmendar mi error, pero lo que ven mis ojos a continuación, hacen que deje caer las llaves y mi bolso de mis manos.

Garrett está hincado en medio de la galería, observando una pintura en particular, o lo que queda de ella, me cuesta creer que yo haya causado todo esto.

—Garrett.

No se mueve cuando me acerco a él, sin tocarlo por miedo a alterarlo.

No le tengo miedo, sé que no me lastimaría jamás, por mucho que lo merezca al menos esta vez que alguien lo haga.

Pero qué digo... nadie merece ser tratado de la forma que en el pasado me trataron y mucho menos lo que acabo de hacerle a mi novio.

—Ahora sí recuerdas cómo me llamo.

Aprieto mis ojos y muerdo mi labio inferior por la espina de sus palabras.

Sigo acercándome hasta que quedo frente a él, puedo sentir el olor a alcohol, eso hizo toda la noche desde que se fue, emborracharse y me odio por haberlo arrastrado a ello.

—Garrett. Dime algo.

Me ve—Dime algo mejor tú.

Se levanta tan rápido del suelo que apenas me da tiempo de reaccionar y dar un paso hacia atrás, cuando ya me tiene tomada de los brazos, no tan fuerte para hacerme daño, pero no tan suave para que me vaya y me paralizo ante la mirada de sus ojos.

—¿Qué necesito hacer para que lo olvides?

Me quedo absorta por el dolor y desesperación en sus palabras, realmente puedo sentir su dolor ahora y me siento la persona más vil de todas.

—Garrett.

—¡Dímelo! —Grita y no me asusto. En vez de salir corriendo, llevo mi mano hacia su rostro y lo acaricio, cierra sus ojos con dolor y busco sus labios enseguida, lo beso y lo arrastro hacia mí porque no sé qué otra cosa hacer para demostrarle que él es mi presente y que haber recordado el nombre de Logan ha sido un error.

Me devora con deseo los labios, mientras me levanta y al mismo tiempo me tumba en el frío piso para acomodarse sobre mí. Su respiración agitada me dice que también lo desea, que ambos nos merecemos borrar toda huella y todo dolor que por mi culpa he causado.

—Te quiero, Garrett. —Jadeo besándole con los ojos cerrados— Eres mi Garrett.

Ni cuenta me doy cuando nos hemos despojado de nuestra ropa, mi cabello lo ha soltado y alborotado como le gusta y ahora me encuentro respirando con dificultad por esto tan nuevo entre los dos. Nunca hemos hecho el amor de esta forma tan necesitada y desesperada.

Algo dentro de mí se está rompiendo, me siento triste pero mi cuerpo muere del deseo.

Cuando lo siento dentro de mí, ahogo un grito y aprieto mis ojos para liberar un par de lágrimas.

—¡Joder! —Exclama, cuando toma mis manos y las lleva hacia arriba de mi cabeza, yo sigo gritando y jadeando al mismo ritmo de sus embestidas, llegando al punto en que no quiero correrme.

—¡Te amo, joder! —Masculle perdiendo el control por su deseo.

Besa, muerde y lame mi cuello. Ahora sus arremetidas son más rápidas. Jamás habíamos hecho el amor de esta forma, siempre es cuidadoso, amoroso y delicado. Pero también yo he sido diferente, he roto su corazón y lo he arrastrado a la inseguridad.

—Garrett—Jadeo—Oh, Dios.

Eso no es hacer el amor, es algo más… es cómo si…

—¡Oh, Dios!—Grito.

Como si me odiara.

…

Mientras termino de vestirme, no me ha dicho nada ni yo a él. No me lastimó, al menos no de manera física, pero ahora mismo no lo reconozco aunque yo misma me puse en esta posición y lo incité a que reaccionara como un animal queriendo atrapar a su presa.

Es mi culpa que se sienta receloso conmigo ahora, o al menos eso creo, porque cuando nuestras miradas se cruzan, me sonríe complacido y al mismo tiempo herido. En cambio yo no puedo sonreírle, termino de vestirme y siento su aliento caliente en mi cuello.

—Te amo—susurra—Dime que no te he lastimado.

—No me has lastimado—miento—Estoy bien.

—Mírame—Me pide con voz suave y me giro para verlo—¿Estamos bien?

Lo veo, no sé qué es estar bien ahora. Si le digo que sí estaría mintiéndole porque no me siento bien ahora, siento que lo que hemos avanzado estos meses lo he arruinado al traer mi pasado de nuevo a nuestro presente.

Y si le digo que no, en realidad no sé qué hacer para remediarlo.

—Lo siento.

Es lo único que puedo decirle y él asiente entendiéndolo.

Al llegar al centro mi primera paciente del día es la pequeña Zoe, esta vez ha venido solamente en compañía de su padre.

El señor Stanton me sonríe agradecido al ver que Zoe ha mejorado mucho, en tan poco tiempo. Esta tarde hemos dado el siguiente paso y es jugar con otros niños de su edad, al principio Zoe riñe y llora sin parar, pero cuando me ve que me alejo para jugar con los niños y también poner en práctica la psicología inversa, ella es la primera en salir corriendo hacia mí.

No hace contacto físico pero al menos ya no se siente amenazada por la presencia de otros niños al lado mío, parece que la pequeña Zoe es poco posesiva ahora hasta conmigo y no deja que atienda a otros pacientes mientras estoy con ella.

—La quiere—Dice su padre, mientras la observamos jugar—Gracias por el trabajo que ha hecho, en tan poco tiempo hemos visto una gran mejoría, nos hubiese gustado venir antes y no perder el tiempo ni dinero con los otros especialistas.

—Es una niña fuerte—Sonrío sin apartar mis ojos de ella—Me recuerda a alguien, ¿Solamente los tiene a ustedes?

El señor Stanton se mueve incómodo ante mi pregunta y ve hacia el suelo cuando responde.

—En realidad nosotros…

—¡Zoe!—Grito corriendo tras ella, se ha caído mientras corría y ahora mismo no para de llorar y patalear—Tranquila, cariño, ya pasó.

—¿Zoe, te encuentras bien?—Se acerca su padre.

—Creo que solamente ha sido un susto—Le digo mientras la reviso de pies a cabeza que no se haya lastimado. De nuevo el agarre de Zoe contra mi cuello me hace reír, en realidad la nena me quiere y el sentimiento es mutuo.

—Será mejor que vayamos a casa—Aconseja su padre.

Veo el reloj y sí, la tarde de Zoe y su terapia han terminado y aunque haya pasado un pequeño incidente, veo el rostro de la pequeña y casi me sonríe cuando le doy un abrazo y me despido de ella. Espero que algún día pueda llamarme por mi nombre y me sonría de oreja a oreja.

—Hasta pronto, Dra. Roth—Me tiende la mano el señor Stanton.

—Hasta luego, señor Stanton.

—Por favor, llámeme Bratt—Me pide y sus ojos se arrugan por su sonrisa.

—De acuerdo, señor Bratt.

Sonríe de nuevo porque no dejaré de llamarle señor y asiente tomando a Zoe entre sus brazos y saliendo por la puerta de mi despacho.

La tarde se estaba haciendo un poco larga hasta que recibí una visita inesperada y me di cuenta que era lo que realmente necesitaba.

Mi familia.

—Dean—Lo abrazo—Qué bueno verte por aquí ¿Está todo bien?

—Eso mismo quiero saber—Toma mi bolso por mí y me ayuda quitarme mi bata de médico—Vamos a tomar algo, necesito hablar con mi pequeña hermana torpe.

—¿Y tu auto?—Le pregunto cuando salimos al estacionamiento.

—Vine en taxi—Toma mi mano—Me gusta verte conducir.

Le sonrío casi nostálgica. Dean siempre supo que mi fobia al conducir se debió al accidente que sufrió años atrás.

Y fue él quien me ayudó a vencer ese miedo.

Quién lo iba a decir… algunas cosas sí se pueden superar como si nunca te hayan marcado.

Nos detenemos en uno de nuestros restaurantes favoritos de comida rápida, a pesar de no tener nada de apetito, me siento bien con mi hermano mayor y mejor amigo en estos momentos, aunque a juzgar por su rostro, tiene mucho que decir.

—¿Está todo bien?—Él es el primero en preguntar.

Me encojo de hombros, evadiendo su pregunta, hasta que su mano llega a la mía y la aprieta, dándome el impulso que necesito.

—Llamé a Garrett…Logan—Susurro lo último sin verlo a los ojos—Saca tus propias conclusiones si estoy bien o no.

—Mierda—Suspira—Lo siento mucho, Ellie.

—Más lo siento yo.

—¿Qué hizo Garrett?—Pregunta—¿Y cómo en todo el jodido mundo se te ocurre llamar a tu novio por el nombre de…

Se detiene cuando ve las lágrimas que se asoman en mis ojos, enseguida me compongo y respondo: —Se fue, no llegó a dormir, pero hoy lo hemos solucionado, al menos eso creo… y con lo otro, ni yo misma lo sé, Dean.

Veo a mi hermano, él debe saber de Logan, son mejores amigos y sé que me lo ha ocultado, nunca hemos tocado el tema, desde aquella vez que me dijo la dolorosa verdad y mi corazón terminó de destruirse, Logan se convirtió en el innombrable para todos. No le pedí que se alejara de él, su amistad no tenía nada que ver con lo que tuvimos… si es que lo puedo llamar así.

—Si quieres respuestas, yo…

—No las quiero—Lo interrumpo—No necesito respuestas, no te las pedí hace dos años cuando se fue, no las necesito ahora… es demasiado tarde.

—¿Qué pasa si regresa?

Su pregunta me hace temblar, que venga de la boca de mi hermano lo hace más real y jamás me he preparado para ello o siquiera pensarlo.

—No va a regresar—Lo digo no tan segura—Y si regresa no me importa, quiero a Garrett.

—Te conozco, Ellie.

—Yo también me conozco y te digo que si Logan algún día regresara—Veo a mi hermano a los ojos y siento el fuego en ellos—Es mejor que salga corriendo.

CAPÍTULO 8

—¿Por cuánto tiempo te irás?—Pregunto a Garrett mientras veo que empieza a arreglar su maleta.

Hace una semana que está un poco distante desde lo que pensé que era nuestra reconciliación en su estudio.

Me ha sonreído y abrazado por las noches, pero lo siento lejos de mí y temo haberlo alejado.

Ahora me sorprendió diciéndome que tiene una presentación en Nueva York en una galería de un colega suyo muy importante y quiere compartir la presentación con él y sus obras.

Me sorprendió que ni siquiera me pidiera ir con él, supongo que es algo que debe hacer solo aunque sigue siendo extraño de él.

Aunque yo misma le dije que no rechazara otra oportunidad como ésta.

—Una o dos semanas—Responde acomodando su ropa en la maleta—Serán dos o tres presentaciones y tendré una noche para mí.

—Eso es genial—Y lo digo en serio, me siento orgullosa de él.

—Tú misma lo sugeriste—Dice sin verme y sin mostrarse afectado por dejarme dos semanas—Así que te tomo la palabra, quizás es lo que necesitamos.

¿Necesitamos?

—Llevamos dos meses viviendo juntos y me dices que lo mejor es estar lejos el uno del otro por unos días ¿Escuchas lo que dices?

Asiente derrotado—Han sido los mejores dos meses, pero...

—Ya.

Me levanto de la cama sintiéndome herida y entro al baño, me doy una ducha lenta y caliente hasta esperar que Garrett decida ir a la cama, mañana se irá, ni siquiera sé si quiere que le acompañe al aeropuerto.

Cuando salgo del baño me encuentro con Garrett durmiendo ya de su lado y la maleta a medio hacer en el suelo, rodeo la cama y me meto bajo las frías sábanas. Estoy muy cansada, ha sido un día muy largo.

La pequeña Zoe hoy estuvo muy inquieta toda la tarde, tuve que terminar la sesión antes de tiempo y llevarla conmigo a mi despacho, por una extraña razón Zoe solamente quería estar conmigo pero no paraba de llamar a su padre. El señor Stanton me miraba nervioso y Zoe no se daba cuenta que su padre estaba con ella, continuaba llamándolo muy irritada.

Casi se echa llorar porque Zoe rara vez o nunca habla y hoy su palabra y llanto era solamente sobre su papi.

Me froto los ojos y veo el techo de la habitación. Todavía extraño mi antiguo techo y con ese recuerdo me quedo dormida en un profundo sueño.

Estoy corriendo, o al menos eso creo. Hasta que colisiono con algo o alguien.

—No debes estar aquí—Me advierte muy serio—Tu corazón está en peligro, es mejor que te vayas.
—¿Papá?—Ya mi rostro está empapado por mis lágrimas. Debo de estar malditamente soñando, mis padres están muertos.
—Vete, Ellie—Ve detrás de él. Me está advierto de algo o alguien y quiero saber lo que es.
—¿Qué está pasando?
—Es mejor que te vayas, no quiero que veas esto.
—¿Dónde está mamá?
—Tu madre está muerta.
Intento tocarlo—Tú también lo estás.
—Lo sé.—Me sonríe—Pero debes irte.
—¿Irme a dónde?—Le suplico—¿Por qué estás aquí? Eres tú el que no debe de estar aquí. ¡Dios, tengo que despertar!

Regreso la mirada hacia mi padre y ha desaparecido. Me dijo que mi corazón estaba peligro y me señaló algo que no quiere que vea, seguramente sigue ahí, al menos no es un hospital, es una casa que desconozco que parece una mansión por la cantidad de habitaciones que rodean el gran pasillo.

Sigo caminando hasta llegar a la última habitación donde mi padre apuntaba. Al momento de poner mi mano en el pomo y girar la manilla, un fuerte dolor en el pecho me obliga a detenerme.

Suspiro y tomo la poca fuerza que me queda y abro.

Me dejo caer de rodillas por lo que veo a continuación…

—¡Ellie!—Garrett me grita y me tiene sobre el suelo de nuestra habitación. De nuevo otra pesadilla, pero esta vez ha llegado lejos, me ha tenido que sacar de la cama para hacerme reaccionar.

—Garrett—Lloro en su pecho y lo abrazo fuerte, el llanto no cesa y se deja caer conmigo, me sostiene como si fuese una bebé asustada y besa toda mi cara y acaricia mi cabello.

—No vuelvas a asustarme así, cariño.

—¿Qué fue lo que pasó?

—Estabas temblando y llorando dormida. No podía despertarte.

Toco su rostro—Lo lamento.

Veo la culpa en su mirada pese a la oscuridad—Me quedaré contigo, no iré a Nueva York.

—No, no—Me aferro más a él—Por favor, no lo hagas.

—Siento que es mi culpa—Me abraza y continúa meciéndome—He estado comportándome como un hijo de puta contigo.

—No es tu culpa, es normal que las pesadillas regresen.

Regresamos a la cama, esta vez me abrazó y me dijo muchas veces hasta quedarme dormida que me amaba y por primera vez le dije un te quiero que se me hizo corto.

Cuando la alarma sonó me sentí como nueva, Garrett besaba mis hombros desnudos y yo suspiraba divertida porque todo regresaba a la normalidad.

—Ven conmigo—Me susurra—No quiero dejarte.

Como si me dijera lo más maravilloso, me lanzo en sus brazos y me atrapa mientras le beso toda la cara. Todo está bien entre los dos y quiero ir a Nueva York y apoyarlo como él lo ha venido haciendo todo este tiempo.

—Tendré que hablar con el Dr. Ronald.

—Pues todavía tenemos tiempo.

Cuando hablé con el Dr. Ronald me sorprendió diciéndome que ya merecía darme un poco de descanso.

Desde que entré a trabajar en el Florence, me he dedicado a mis pacientes sin descansar y no me mal entiendan, amo lo que hago.

Mientras estoy terminando de empacar, en media hora tendremos que estar en el aeropuerto de Toronto. La sonrisa de Garrett es todo lo que necesito, estoy orgullosa de él como él lo está de mí.

—Cariño, tu teléfono—Garrett me entrega mi teléfono y veo que se trata del señor Stanton.

—Es el señor Stanton—Le digo respondiendo y Garrett frunce el ceño. Le he hablado de Zoe y ha simpatizado a pesar de que no la conoce, lo poco que le he dicho y lo que ha mejorado hasta hace unos días nos ha alegrado a ambos.

—Señor Stanton.

—¡Gracias a Dios, Dra. Roth!—Exclama desesperado—¡La necesitamos!

—¿Qué sucede?—Dejo la maleta a un lado—¿Zoe está bien?

—Está encerrada en su habitación, ha permanecido debajo de la cama por horas y solamente llora y grita.

Necesitamos que venga de inmediato, no sabemos qué otra cosa hacer.

—Voy para allá.

Corto la llamada y obtengo la atención de Garrett con lo último que dije.

—¿Qué sucede, cariño?

—Parece que Zoe tiene una crisis—Pero eso no es todo, me duele que quizás no pueda ir a Nueva York con él.

—Sé que tienes que ir—Llega hasta a mí y me abraza—Adoras a esa pequeña y ella te necesita, no puedo dejar que vayas conmigo sabiendo que te necesita.

—En realidad quería ir contigo.

—Lo sé—Me besa—Pero ella te necesita más, estaré en casa muy pronto, no te preocupes por mí.

—¿Seguro que está bien?

—Ellie, no hay nada que me enorgullezca más que verte ayudar a los demás, me has hablado mucho de Zoe y hasta yo siento que le tengo cariño ya, no me puedo imaginar lo asustaba que debe de estar.

—De acuerdo—Lo abrazo de nuevo—Lo siento.

—Te llamaré cuando esté en Nueva York, por favor ten cuidado.

Me despido de Garrett y observo mi maleta negando con la cabeza.

—Vete ya—Me ordena suave—Luego me cuentas.

Corro hasta llegar al ascensor y espero una eternidad cuando ya me encuentro dentro de mi auto, sé la dirección de Zoe porque esto es necesario saberlo y más si se tratan de pacientes que pueden tener una crisis o una emergencia, solamente he tenido unas pocas emergencias con mis pacientes, pero ésta es diferente.

Al llegar a la casa de los Stanton salgo del coche y se me corta la respiración al ver una ambulancia fuera y otros dos autos más que deben pertenecer a los señores Stanton.

Al entrar a la sala principal. Me recibe su ama de llaves, una señora que me ve de pies a cabeza de manera extraña.

Pero lo que me sorprende es ver todo a mi alrededor. Es como un desierto hasta que veo al padre de Zoe venir a mí corriendo.

—Qué bueno que pudo venir, Dra. Roth.

—¿Dónde está Zoe?

—Por aquí—Me indica llevándome escalera arriba, escucho los gritos de la madre de Zoe e intento contenerme. ¿Acaso esta señora no puede tener un poco de paciencia con su hija?

—Querida, por favor deja que la Dra. Roth haga su trabajo—Le pide tocando su cintura una vez he entrado a la habitación rosa.

Parece que es un pequeño palacio de princesas y me recuerdan a mí y las viejas fotografías de mi habitación en Londres.

—Dijo que estaba bien—Casi me grita cuando me enfrenta—No entiendo qué le sucede ahora y más le vale que haga bien su trabajo o empiece a hacerlo.

—Zoe ha mejorado mucho—Me contengo de estamparle la muñeca que lleva en sus manos en la cabeza por cómo me habla—¿Hay algo que la está alterando? ¿Los ha escuchado discutir? Debe de haber un origen para que Zoe haya decidido encerrarse en su mundo de esa manera.

—¡Ninguno! —Grita—Somos buenos padres.

De ella lo dudo.

A pesar de que es una bella habitación, todo está hecho un desastre, parece que Zoe ha llamado mucho la atención por algo o alguien y lo voy a averiguar, me puedo imaginar que se debe a su madre, pero no entiendo todavía del todo.

—¿Zoe?—La llamo y sé que está debajo de la cama, pero decido jugar un poco.

Escucho mientras abren la puerta y sé que son sus padres que me observan—¿Dónde estará la pequeña Zoe?

Levanto un par de muñecas y las pongo de nuevo en su lugar.

—Estaba pensando en ir a comer un helado, o uno de los dulces que a Zoe le gustan, pero no la encuentro por ningún lado.

Sé que me está escuchando, quiero que no se sienta amenazada, no la sacaré de ahí sino quiere, quiero que ella venga a mí.

—Pero qué linda muñeca—Digo muy entusiasmada—Me gustaría jugar con Zoe, estoy segura que ésta es su favorita.

Veo una manita asomarse debajo de la cama y sigo ignorando.

—Ahora estoy triste—Digo nostálgica—Zoe no quiere salir a jugar con su amiga Ellie.

Ahora veo dos manitas y una Zoe todavía en pijama asomar la mitad de su cuerpo.

—¡Ahí estás! —Chillo divertida—Oye, pequeña sal de ahí que yo soy muy grande para meterme ahí contigo. —Niega con la cabeza.

Me siento frente a ella en el suelo y la veo, tiene su carita sucia de tanto llorar y eso me parte el alma.

—¿Quieres que juguemos? Te prometo que en estos momentos soy solamente tu amiga y no tienes nada qué temer.

Los ojos de Zoe se abren como platos y me ve asustada.

—¿Qué sucede, cariño?

Sus pequeños ojos grises se llenan de lágrimas, sale de la cama y se lanza en mis brazos a llorar con más intensidad.

—Shh—La abrazo fuerte—Todo está bien.

Solloza en mi pecho y yo la muevo para tranquilizar su llanto, pero cuando pienso que todo ha acabado el grito de Zoe llorando y riendo me confunde.

—¡Papi!—Llama—¡Papi!

—Señor Stanton, creo que...

Me pongo de pie con Zoe en brazos y me giro para que el señor Stanton se acerque y le diga a Zoe que todo está bien, pero cuando levanto la mirada creo que estoy soñando, sí eso debe de ser, por nada en el mundo es real lo que ven mis ojos en este momento. Seguramente es otra pesadilla.

Pongo a Zoe en el suelo y sale corriendo hacia lo que me indica que no es un sueño, el señor Stanton no coge a Zoe en brazos a pesar de que ella gritó por él.

En cambio sigue diciendo papi una y otra vez y alguien le tiende los brazos y la levanta del suelo.

Yo apenas puedo respirar, pero me las arreglo para abrir mi boca sin antes desmayarme por lo que veo.

—¿Logan?

CAPÍTULO 9

Logan
Dos años atrás.

Todavía me duelen sus palabras.
—Te encargaste de mandar todo a la mierda. Pensé que habías venido aquí porque estabas huyendo de algo, luego me di cuenta que solamente te estabas escondiendo, pero me equivoqué... tú huyes, es lo que haces siempre, pero no puedes huir de esto, Logan. Simplemente no puedes.

No voy a huir, si tan solo supiera que vine aquí para empezar de cero, para intentar olvidar. Pero jamás me imaginé que al verla que casi cae por las escaleras y la tomé de la cintura mi mundo se detuvo y empezó a girar a su alrededor.

Amaba a Azura, pero me di cuenta con el tiempo que lo que me mantenía con ella era su enfermedad. Desde hace mucho tiempo las cosas no estaban bien, pero sentí que podía, que realmente podía volver a amarla como la primera vez. Me aferré al amor, a ese jodido primer amor de mierda que nos marca.

Es lo que le pasó a Ellie, ella siempre estuvo enamorada de mí. ¿Enamorada? A pesar de que fui una mierda, mi nena seguía enamorada de mí y ese amor me lo demostraba cada día con ese carácter autoritario y niña caprichosa.

Intenté alejarla, intenté alejarla de mí, pero siempre esos grandes ojos, su cabello, su mirada, su sonrisa y hasta cuando me mandó a la mierda me enamoraba cada día más. Se merecía que le dijese la verdad.

Que Azura había muerto un año atrás.

Me levanto de mi cama porque por la ventana la veo que está terminando su botella en el techo de su habitación.

Qué mierda.

Salgo corriendo hacia el jardín, puede caerse de ahí, apenas y puede mantenerse de pie. Y es mi culpa, yo la llevé a ello.

—Ellie—Me tiembla la voz cuando la llamo desde abajo—Nena, ven aquí por favor.

Se ríe de mí y apenas puede verme a través de las lágrimas que caen por su mejilla.

—Vete, celebridad.

Se pone de pie y apenas puede mantenerse de pie, eso me alarma y salgo corriendo hacia su habitación.

La puerta principal se abre y es Dean, ignoro sus gritos y subo las escaleras junto con él.

—Ellie, por el amor de Dios ven aquí—Le implora su hermano—Estás ebria, y además aquí es peligroso.

—No me importa, Dean—Camina en círculos—Nunca me he caído.

—Yo me encargo—Lo tomo del hombro.

—Esto es tu culpa—Me señala—Más te vale que me des una explicación y saques a mi hermana de ahí, no quiero que…

Ambos escuchamos el timbre de su casa. Soy el primero en salir corriendo, si es la maldita zorra culpable de todo esto, me va a oír.

Pero cuando veo que se trata de mis padres, me paralizo, pensé que les había quedado claro que no quiero tenerlos cerca en estos momentos.

—¿Qué es lo que quieren?

—Les espeto saliendo y cerrando la puerta detrás de mí, solamente espero que Dean lo tenga todo bajo control.

—Tenemos que hablar, hijo—Implora mi padre.

—Ahora no necesito hablar.

—Hijo.

—¡Mi novia me necesita!—Les grito—Sí, estoy felizmente enamorado, he encontrado el amor de nuevo y no van a separarme de ella esta vez.

—Eso es maravilloso—Continúa mi padre—Sólo queremos lo mejor para ti.

—¿Así como lo querían con Azura? —Siento un nudo en mi garganta—Dejaron que muriera lejos de mí. ¡Yo tenía que estar ahí! ¿Tienen una puta idea de lo que sufrí día y noche y enterarme por un jodido mensaje que ella había muerto?… ni siquiera pude estar en su jodido entierro.

Mi madre empieza a llorar y mi padre la conforta.

—No necesito esto ahora.

Camino por la parte trasera para volver al jardín.

—Logan.

—¡Váyanse!—Les grito—¡Ambos, fuera!

Me llevo las manos a la cabeza por el dolor que me provoca gritarles hasta que mis ojos se detienen en lo que veo. Brenda está en el techo junto con Ellie, todo pasa en cámara lenta y veo cuando la arroja fuera de éste.

—¡Ellie!—Grito corriendo al mismo tiempo en que sale Dean gritando al unísono junto con Bridget. Ellie, mi Ellie, yace en el suelo del jardín.

—¡No la toques!—Le grito a Dean cuando se acerca—¡Llama a una ambulancia ahora mismo!

Me acerco a su cuerpo y la veo de pies a cabeza, es realmente hermosa. Veo a Brenda que ha bajado y Bridget me detiene enseguida.

—¡Vas a morir!

—¡Yo no quería!—Solloza la muy hipócrita, por supuesto que quería—Se los juro que no quería.

Ya me encargaré de ella luego. Ahora solamente necesito estar con Ellie. Mi Ellie. Dios no me puede hacer esto de nuevo, no puede. Malditamente no puede.

…

—¿Por qué siguen aquí?—Limpio las lágrimas de mis ojos viendo a mis padres que nos han seguido hasta el hospital, ahora Ellie está durmiendo, no tiene ninguna herida grave; solamente tendrá unos cuantos moretones por la caída no tan alta.

—Tenemos que hablar contigo y no nos iremos hasta que nos escuches.

—Estoy perdiéndolo todo.

—Hay algo que no vamos a permitir que pierdas, Logan—La voz ronca de mi padre me hace verlo, realmente hay algo que debe decirme y la verdadera razón por la cual están aquí es porque es importante.

—Necesitamos que regreses a Londres lo antes posible—Continúa mi madre—Temo que cuando te enteres nos odies, pero no vamos a seguir cometiendo los mismos errores una y otra vez, no queremos seguirte perdiendo.
—¿De qué estás hablando?
—Logan—Mi padre toca mi hombro y lo permito, se siente tan bien que no me daba cuenta que lo necesitaba.
—Ella te necesita.
¿Ella?
—¿Quién es ella?—pregunto sintiendo ya mis lágrimas caer por el dolor fuerte que siento en mi pecho, no solamente se trata de Ellie, lo puedo sentir.
—Tu hija.

CAPÍTULO 10

Su padre.

Ahora entiendo.

Zoe sigue en sus brazos y Logan no quita su mirada de mí, el señor Stanton me ve confundido.

—¿Se conocen? —Pregunta y lo veo.

—Eh, no —Miento— Es una celebridad. ¿Quién no puede reconocerlo?

Me las arreglo para sonreírle y el señor Stanton me sonríe en complicidad.

—He querido decirte todo este tiempo que nosotros somos los abuelos de Zoe —Me ve con nerviosismo, he tratado a Zoe por casi dos meses y hasta ahora y en estas circunstancias me dice la verdad.

—Señor Stanton, con todo respeto —Ignoro la mirada de Logan— Le he preguntado muchas veces si Zoe tiene más familiares, es muy importante para su recuperación que cuente con todo el apoyo de su familia... más si se trata de sus padres.

—Solamente me tiene a mí—Escuchar la voz de Logan hace que se me erice la piel, su voz es un poco ronca o se debe a que está molesto, yo debería de estar molesta no él, pero lo más extraño de todo es que solamente me siento confundida.
—Bratt—Demanda Logan—¿Puedes darme un momento a solas con la Dra. Roth?
—De acuerdo.
Me pregunto dónde está la señora Zoila, muchas veces ella interrumpió a su marido cuando se trataba de Zoe, ella no quería que supiera que ellos no eran sus padres.
Hay muchas cosas que necesito saber, pero lo importante ahora es Zoe, sus ojos, su cabello. Todo encaja ahora, sentía un calor familiar cuando estaba con ella, se debía a su sangre, a su padre.
—¿Debo acostarla?—Me pregunta serio y asiento.
Veo cómo la coloca sobre la cama y la pequeña empieza a llorar, me tiende los brazos y ahora soy yo la que la toma en brazos y vuelvo a llevarla a la cama, para Logan es como ver lo más divino, sus ojos se quedan inertes en mí, mientras acaricio el cabello de su hija como si se tratara de la mía.
No voy a decir nada y mucho menos delante de ella.
—Ellie.
—No—Lo corto—No delante de ella.
Asiente.
Cuando siento que ha pasado una eternidad, por fin la pequeña Zoe se ha quedado dormida y también por un segundo yo. Logan sigue sentado en el suelo y su mirada ahora es hacia su hija y a mí. Veo la hora y han pasado más de dos horas.

Me levanto de la cama y veo por última vez a Zoe que se aferra a su oso de peluche, Logan también se pone de pie y sale detrás de mí. Abro la puerta y salgo, los señores Stanton me ven todavía y veo un par de enfermeros.

—Hagan el favor de retirarse—Les espeto furiosa, Zoe no es ningún paciente que necesite ser llevada en una ambulancia.

—¿Cómo está Zoe?—Pregunta ahora su abuelo.

—Está dormida.

—Pensé que tendría que llevarla de nuevo a una clínica para que la tranquilizaran.

—¿Cuántas veces ha sucedido esto?—La enfrento y ella nos ve nerviosa a todos, parece que ha abierto su boca de más.

Y caigo en una sola razón. Zoe reacciona de esa forma por Logan.

—¿Quién te ha llamado?—Ignora mi pregunta y se dirige a Logan.

—Yo lo llamé—Interviene el señor Stanton—Es su padre y Zoe ha querido verlo todos estos días, me dijiste que estaba de viaje o algo parecido y parece que a Logan también le has dicho lo mismo sobre nosotros.

No me lo puedo creer.

—No puedo creer que haya dejado que Zoe pasara por todo esto solamente porque quería a su padre.

—No nos conoces—Me enfrenta señalándome con un dedo—Somos lo único que tiene.

—Soy su padre, Zoila—Dice Logan detrás de mí—Que tengas la custodia de mi hija ahora mismo no me quita el derecho de verla.

¿Custodia?

Se ríe de él—Cuando dejaste a mi hija morir sola ha sido lo mejor que has hecho.

—¡No te atrevas a hablarme de esa mierda ahora! —Le grita—¡Tú te encargaste de alejarme de ella! ¡De mi hija!

—Logan—Ahora soy yo la que interviene.

—Veo que ya se conocen bien—Me ve de pies a cabeza y ya sé lo que pasa por su mente.

—No te atrevas a juzgarla—Prosigue Logan—Conozco a la Dra. Roth.

¿Quién crees que se encargó de que llegaran a ella para que tratara a mi hija?

Porque según tú mi hija necesitaba ayuda especial porque sentía el vacío de su madre. ¡No puedo creer lo idiota que fui! ¡Es una bebé!

Lo veo con los ojos bien abiertos y luego veo al señor Stanton, ellos dos han sido participe de ésta que pensé era una gran coincidencia, por supuesto que nada de eso es cierto, lo planearon, ambos lo hicieron. Y aunque debería de estar molesta por ella, algo dentro de mí se siente agradecida porque estoy segura que Zoe ya ha sufrido demasiado con personas como su abuela a su lado.

—Lo sabía—Acusa—Es por ella que dejaste a mi hija ¿Cierto?

—¿¡Qué!?—Estoy segura que mi grito no se compara con lo asustada que estoy de que eso sea cierto.

—Deja de decir estupideces, Zoila—su esposo la toma del brazo—Tú misma sabes cómo pasaron las cosas, fue el deseo de nuestra hija.

Oh, Dios mío.

—Yo… yo mejor me voy.

Camino hasta la salida y el aire de afuera ahora me sienta demasiado pesado para siquiera sentirlo en mis pulmones, es demasiado para procesar.

Abandono.

Muerte.

¿Qué demonios está pasando?

Pero lo que aún no puedo aceptar es que Logan haya regresado. He visto a Logan de nuevo, él me ha visto de nuevo. Logan está aquí. ¡Logan tiene una hija!

—¡Ellie, espera!—Me grita Logan detrás de mí cuando estoy por subirme al auto.

Me detengo al sentir su mano en mi brazo y el viejo escalofrío cargado de mucho dolor se apodera de mí. Me giro ante él, esos grandes ojos grises han regresado, pero solamente puedo hacer una cosa.

Levanto mi mano y la estampo en su mejilla. No reacciona y mantiene la mirada gacha, pero cuando intento de nuevo devolverle la bofetada detiene mi mano en el aire y suelto un sollozo, su suave agarre hace que me derrita ante su toque de nuevo y no sabe hacer otra cosa más que llevarme hacia su pecho y abrazarme.

Continúo sollozando y peleando con su agarre, tomo en un puño su chaqueta de atrás y me aprieto más hacia él.

—Por favor—Sollozo temblando—Por favor, dime... dime que estoy soñando.

—Lo siento, nena—Sus besos en mi cabeza no ayudan—Daría todo porque esto fuese una pesadilla de la cual podamos despertar, pero temo decirte que es nuestra realidad.

Me aparto de él como si me acabara de abandonar de nuevo y lo enfrento. Una terrible realidad acaba de golpearme bien feo.

—¿Por qué ahora?—Le limpio las últimas lágrimas—¿A qué has venido Logan?

—Te necesitaba—Toca mi rostro y lo permito cerrando mis ojos—Mi hija y yo te necesitamos.

—Sabías donde trabajaba. ¿Qué más sabes de mí, Logan Loewen? Porque no es ninguna casualidad nada de esto.

—Te lo explicaré—Toma mis manos y las lleva a su boca para besarlas—Te explicaré todo, Ellie. Te lo prometo.

Me suelto de manera brusca— Jamás.vuelvas.a.decir.eso.—Pronuncio con recelo.

—¿Hacer el qué?

—Prometer lo imposible—Subo a mi auto sin que se lo espere—Ya has roto demasiadas promesas.

No fui a mi casa, al contrario de eso, fui directamente a la casa de mi hermano. Él debió decirle donde trabajo, él debió saber toda la verdad sobre la hija de Logan y que por eso se fue.

No puedo creer que mi hermano me haya mentido también.

Veo su auto que está aparcado afuera y es buena señal. Muy pronto oscurecerá y no tengo idea de lo que le diré a Garrett cuando llame.

—Adivina qué…Logan ha regresado.

—Logan regresó y tiene una hija.

—Logan no me dejó, fue a recuperar a su hija.

O—Recuerdas a Zoe, es la hija de Logan.

Mierda. Es demasiado. No hay forma de que se lo diga sin que se altere y lo peor de todo es que tenía que ser precisamente hoy que se fue, no puedo decirle mientras esté allá, regresará de Nueva York y dejará la presentación, no puedo hacerle eso, por fin está haciendo lo que le gusta. No puedo arruinarle eso también.

—¿Ellie?—Bridget me ve con los ojos llorosos y doy gracias a Dios porque mi sobrino no esté presente por lo que voy a decirle a su padre.

—Eres un hijo de puta, Dean—Lo golpeo en el pecho llorando cuando lo veo venir—¡Eres un hijo de puta!

—¡Ellie!—Me detiene—¡Por Dios! ¿Qué tienes?

Me dejo caer al suelo junto con él y Bridget se nos une, toma mi mano y quita el cabello de mi rostro. Intento respirar y calmarme, necesito calmarme cuanto antes.

Levanto la mirada y veo a mi hermano.

—Logan está aquí.

CAPÍTULO 11

No dice nada. Lo sabía, no tiene nada qué decir. Porque él lo supo desde un principio. Él debió decirle a Logan donde trabajaba y además de eso de la existencia de Zoe.

—¿Cómo... cómo lo sabes?

—¿Cómo lo sé? —Me levanto del piso y lo reto con la mirada— Déjame que te lo explique de esta manera.

Bridget lo ve con recelo, también está sorprendida por todo esto.

Se lo ocultó hasta a su propia esposa y no lo culpo. Bridget es mi mejor amiga, ella me lo hubiese dicho al segundo siguiente.

—Hace dos meses, recibí a una paciente— Empiezo a explicar— Una pequeña de tres años llamada Zoe. He recibido una llamada antes de irme a Nueva York con mi novio para acompañarlo, pensé que esto nos ayudaría para arreglar nuestra relación.

Pero resulta que esa llamada era una emergencia, la pequeña Zoe tuvo un ataque y me llevo la sorpresa de que mientras estaba consolándola como si se tratara de mi propia hija... su padre me estaba observando... su verdadero padre... Logan.

—Oh, Dios —Bridget se lleva las manos a la boca— ¿Dean?

—Así es, Bridget.

Mi querido hermano me ocultó todos estos años que Logan tenía una hija y que por eso se fue y no solamente eso.

No es una casualidad de que Zoe haya llegado al Florence. Tú le dijiste a Logan ¿Cierto?

Asiente con la cabeza, no hay marcha atrás ni tiene sentido de que siga mintiendo.

—No sabía que la llevaría contigo— Tartamudea—Ni siquiera sabía que su hija estaba aquí, pensé que estaba en Londres.

—Pues ya ves que no, vive aquí en Toronto, con sus abuelos, ni siquiera sé... ni siquiera sé qué decir o hacer.

—¿Hablaste con él?

—No y no pienso hacerlo.

—Mereces unas cuantas explicaciones, Ellie.

—¿Explicaciones?—Me siento ofendida de que siquiera lo plantee.—¿Cómo va a explicarme que me abandonó? ¿Qué mintió?.

Y aparte de todo tiene una hija cuya custodia no tiene y no sé por qué, todo es tan confuso para mí y lo único importante de todo este circo es esa niña que la única palabra que ha pronunciado desde que la conozco es papi.

—Lamento mucho habértelo ocultado pero jamás pensé que él haría algo así.

—Puedo entender que no confíe en nadie, además el Florence es uno de los mejores centros, el señor Stanton me dijo algo sobre haberla llevado a otros centros y no pudieron ayudarla... la pequeña...—Los veo por un momento y me doy cuenta de que cuando hablo de Zoe sonrío.

—Te quiere—Concluye mi hermano.

—La primera vez que la conocí cayó a la piscina del hospital y casi se ahoga—Recuerdo ese momento mientras me siento y Dean junto con Bridget hacen lo mismo—Salí corriendo y lo único que vi fueron sus grandes ojos grises, ella se aferraba a mi cuello, no me soltaba y solamente yo pude tranquilizarla.

No sé si es un castigo de Dios que ella me quiera.

Pero no puedo abandonarla ahora, ha mejorado mucho, si la vieran cómo sonríe, ha empezado a jugar con otros niños y…

—La quieres.

—Sí—Mi hermano y Bridget sonríen—Ella es la respuesta a todo, no tiene la culpa de nada.

Quién me iba a decir que iba a terminar encariñándome con la hija de Logan, la razón por la que se haya marchado dos años atrás fue por ella, suena tan cruel, pero ahora puedo entender una pequeña parte, y aun así no puedo perdonarlo.

Regresé a casa, me despojé de mi ropa y me metí a las sábanas luego de tomar una pastilla para dormir, necesitaba dormir y no pensar en nada más.

Tengo demasiadas cosas en mi cabeza y no quiero caer en un círculo vicioso donde Logan Loewen vuelve a jugar con mi mente.

Es tarde ahora, ya no soy la niña que conoció, soy una mujer, una dañada gracias a él y a la vida misma por cada prueba que me manda.

Si ésta es otra de ellas, no sé si pueda culminarla sin terminar hecha pedazos.

Era viernes. Los viernes son el último día de terapia en la semana de Zoe. Llego al centro y entro a mi despacho a ver el historial médico. Todo arroja a lo mismo, parece que no hay rastros de que Azura y Logan sean sus padres. ¿Por qué?

Al menos eso necesito saber, todo sea por el bien de ella.

—Adelante—Digo cuando escucho que la puerta se abre, mis ojos siguen en el expediente hasta que siento un aroma familiar acompañado de otro dulce y peligroso.

—Buenos días, Dra. Roth—Levanto la mirada y ahí está, luciendo como todo un padre de familia, un hermoso hombre con su barba perfecta y mirada gris desafiante.—Zoe tiene algo para usted.

Veo a la pequeña y le sonrío, trae consigo unas flores rojas y las pone sobre mis piernas, seguido de ello, me da un fuerte abrazo y un beso.

—Papi—Dice muy feliz y eso derrite mi corazón.

—Sí, cariño—Veo a Logan por un segundo—Papi está aquí.

Como si Logan no estuviese presente, comienzo la terapia, primero empezamos con lo básico que es que aprenda a pronunciar varias palabras, entre ellas sus necesidades básicas. Logan me observa y no dice nada, Zoe sonríe feliz de tener a su padre y ahora me doy cuenta que lo que realmente necesita Zoe es a su padre.

—¿Ella estará bien?

Me sorprende cuando pregunta eso, no ha dicho nada en todo el tiempo que hemos estado aquí.

—Ella te necesita—Es lo único que le digo mientras me acerco a su hija.—¿Vamos a jugar afuera con los otros niños?

—¿Papi?

Me rio —¿Papi, vienes? —Lo veo y sonríe divertido.

Zoe toma mi mano y los tres salimos de mi despacho. Nos encaminamos a la sala de juegos donde muchos niños de la edad de Zoe están jugando con más asistentes, Zoe es la primera en salir corriendo y ya hay una niña ya conocida que siempre juega con ella. Me cruzo de brazos y le indico un par de cosas al asistente y éste de forma coqueta asiente. Logan carraspea su garganta detrás de mí y lo veo.

Fulmina con la mirada al enfermero y enseguida se va.

—¿Qué fue eso?
—Estaba coqueteando contigo.
—¿Y?

Ahora está celoso, por favor. Es ridículo que venga a sentir celos por mí cuando soy toda una desconocida para él. No me conoce, vuelvo y repito la Ellie que conoció ya no existe.

—Lo siento.

Sin quitar la mirada de Zoe, nos sentamos a una distancia, hay muchas cosas que necesito que me diga y al mismo tiempo no. Mi mente me juega en que es demasiado tarde, pero a la vez es lo que puede ayudarme a cerrar el capítulo y llevar la fiesta en paz ahora que su hija es mi paciente, no puedo salir huyendo, él es el que lo hace.

—Tengo la certeza de que no sabes por dónde empezar —Le digo mientras veo sus rasgos. No sé si sigue compitiendo, de hecho no sé nada de él.

—Tengo la idea sobre algo—Sus ojos vagan desde mis ojos, mi boca y el pequeño escote detrás de mi bata. De inmediato siento calor y veo hacia otro lado.—Sí, al menos eso no ha cambiado en ti.
—¿Qué cosa?
—Tú—Se lame los labios—Provocando cosas en mí.
—¿Yo provoco cosas en ti?—Me llevo la mano al pecho de forma dramática por escucharlo hablarme de esa manera.
—Siempre has provocado cosas en mí.
Nos quedamos en silencio viéndonos más de lo normal.
—Cada palabra, cada mirada, cada parte de tu cuerpo—Susurra sin quitar esa mirada gris de mí—¿No lo entiendes, Ellie?
—¿Entender el qué?—Pregunto con un hilo de voz.
—Nunca has dejado de ser mía. Garrett.
—Basta—Le pido viendo hacia otro lugar que no sean sus ojos—Estoy con alguien ahora.
—Lo sé y me importa una mierda—Masculle enfadado y eso hace que lo vea.
—No te atrevas, Logan—Lo amenazo—No vengas a joderme la vida más de lo que la dejaste jodida cuando te marchaste.
—Quiero una cita—Dice sin más, no le importan mis amenazas, hay algunas cosas que no cambias, como él siendo un idiota por ejemplo.—Y no acepto un no por respuesta, sé que tu novio está de viaje, por lo tanto no me importaría ir a tu casa.
¿Qué diablos?

—Ahora eres un acosador—Y no ha sido una pregunta—Ni siquiera voy a preguntarte por qué sabes tantas cosas de mí, parece que ahora tú y mi hermano no guardan ningún secreto.

—Cuando se trata de ti no hay nada que no quiera saber, nena.

—Deja de llamarme así.

Vemos al mismo tiempo a Zoe que viene hacia nosotros, se lanza en los brazos de su padre y por primera vez lo veo que sonríe y acaricia a su hija. ¿Quién lo iba a decir? Todavía recuerdo cuando pensé que estaba embarazada de él. Estaba tan emocionada y asustada, supongo que algunas cosas no están destinadas como creemos.

—Una hora—Me pide—Solamente dame una hora de tu tiempo para explicarte todo, aunque sea tarde, creo que todavía se puede salvar algo.

—¿Ah, sí?

Asiente—Tú y yo siendo amigos por primera vez.

Casi me río, ¿Amigos? Estamos hablando de Logan Loewen, no se puede ser amiga de él y mucho menos yo.

—Eso no va a suceder.

—¿Por qué?

—Porque eres un idiota—Suelto enseguida.

—Iota—Repite Zoe y me llevo las manos a la boca. Logan se parte en una gran carcajada y besa a Zoe que también se ríe de su nueva palabra, soy una doctora terrible.

—Cariño—Tomo su manita—Eso no, es papi.

—Iota papi.

Lo veo que ahora ya no se ríe—Creo Zoe aprende rápido.

—Princesa, esas cosas no se dicen—Le habla tierno—Prométeme que no lo dirás más, sino no hay trato.

¿Trato?

—¿Lo prometes?

Zoe asiente divertida y regresa a jugar, dentro de poco será hora de irse y la tarde ha pasado lenta como también rápida desde que me senté con él.

—¿Qué trato hiciste con tu hija, Loewen?

—Le prometí ir al parque los tres.

—¿¡Los tres!?

—Sí, así que más te vale que no rompas el corazón de mi hija.

—No lo haré—Lo fulmino con la mirada.

CAPÍTULO 12

Observo las estrellas en esta noche fría y solitaria cuando escucho mi teléfono móvil sonar. Es Garrett.

—Hola—Respondo nerviosa—¿Qué tal el vuelo?

—Lamento llamarte hasta ahora, cariño. Quería instalarme primero y poder hablar un rato contigo.

Mierda. Estoy tan nerviosa que ni siquiera sé de qué hablar.

—Eso es genial.

—¿Está todo bien?—Pregunta—Te echo de menos.

—Yo también—Y lo digo cerrando con fuerza mis ojos, desearía que estuviera aquí y que todo sea más fácil.

—Te escucho un poco agripada.

Se debe a mi llanto.

—No, estoy bien... es solamente que estoy fuera y quizás se deba al aire frío.

—¿Cómo está la pequeña Zoe?—Lo que temía que preguntara—¿Pudo mi increíble novia poner a la nena a salvo?

—Sí—Me trago las lágrimas—Solamente quería a su padre, es todo. ¿Tú cómo estás? Mañana es el gran día para ti y tu amigo.

—Sí, estamos en la galería, Josh ha estado un poco nervioso, a pesar de que no es la primera presentación que da.

No sé cuántos minutos han pasado, pero solamente he respondido con monosílabos.

Garrett dijo que estaba cansado y que iría a dormir.

Le prometí llamarlo después de que su presentación terminara y agradecí para mis adentros que no se diera cuenta que algo estaba ocultándole.

La pregunta era ¿Hasta cuándo podía ocultárselo?

Me levanto de la cama cuando escucho el despertador sonar, ni siquiera me molesto en frotarme los ojos, prácticamente no he dormido nada en toda la noche. Agradezco por lo bajo que hoy es sábado, por lo tanto no hay que trabajar y además estaré sola por las siguiente dos semanas.

Voy enseguida a la ducha y se me ocurre la idea de visitar a mi sobrino hoy. Visto unos pantalones ajustados color crema y una blusa manga larga, hoy hace un poco de frío, mientras voy a la cocina escucho el timbre de la puerta.

Debe ser Dean.

Abro la puerta sin pensarlo dos veces y me llevo la gran sorpresa de ver a Logan en mi puerta y toma de la mano a la pequeña Zoe.

—Ellie—Me saluda.

—Logan. ¿Qué haces aquí?

—Zoe quiere ir al parque—Me recuerda—Además te dije que si era necesario iba a venir a tocar a tu puerta.

—¿Cómo entraste?—Acomodo mi blusa y lo veo nerviosa—El portero tuvo que haber esperado que te anunciara.

—Le dije que era una emergencia, además nadie se puede resistir a los encantos de mi hija, creo que lo sacó de mí.

Me mofo—¿Utilizas a tu hija para ser un...

—Lenguaje—Me corta—Hay niñas presentes.

Y no, de hecho también me pidió mi autógrafo.

Por supuesto, cuando le conviene sí es una celebridad.

—¿Vas a dejarnos pasar?

—Lo siento—Le sonrío a Zoe y ella estira sus brazos para darme un abrazo, es tan linda que derrite mi corazón, la tomo en brazos y beso su mejilla para bajarla de nuevo, la llevo hasta la sala y pongo los dibujos animados, yo necesito hablar con su jodido padre, esto no es normal.

—Ven aquí—Lo tomo del brazo una vez Zoe queda embelesada en la televisión y llevo a Logan hasta la cocina—¿Se puede saber qué intentas hacer?

Esto no es normal, no puedes venir a mi casa... vivo con alguien.

Parece que no todo lo sabe, porque en cuanto le digo eso, su rostro cambia de colores y ahora sus ojos grises están inyectados de rabia al saber que otro hombre vive conmigo.

—¿Vives... vives con un jodido hombre?— Pregunta arrastrando las palabras.

—Vivo con mi novio—Le señalo la fotografía cerca del refrigerador, cuando lo vea se llevará una gran sorpresa.

Sigue lo que le señalo y ve la fotografía, todavía recuerdo cuando enfureció cuando conocí a Garrett en el club. Desde ese momento lo odió y ahora la noticia no le sentará bien al saber que es mi novio.

—Debes estar jodiéndome, Ellie—Masculle sin quitar su mirada de la fotografía. Garrett me abraza por detrás y ambos sonreímos a la cámara, fotografía que tomó Bridget en el parque.

—Garrett es mi novio y vivimos juntos, Logan.

Por lo tanto no puedes aparecerte así, tienes suerte de que está de viaje ahora.

Regresa su mirada a mí—Somos amigos, no tiene por qué molestarse.

—Él sabe de ti—Susurro—Lo sabe todo.

Ladea la cabeza intentando leer mi mente como antes lo hacía, se acerca tan rápido que apenas puedo moverme, me tiene atrapada entre la isla de granito y su cuerpo.

—¿Todo?—Susurra en mi rostro y siento su aroma apoderarse del poco juicio que me queda—¿Estás segura que lo sabe todo?

Digo que sí con la cabeza, porque estoy segura que no puedo hablar ahora mismo, solamente puedo ver sus ojos, sus labios y la manera en que pasa su lengua por ellos.

—¿Sabe que te debilitas cuando te tocan aquí?—lleva su boca a mi cuello y me planta un beso suave. ¿Por qué demonios lo permito?—¿O cuando te besan aquí?—Sigue besando más debajo de mi cuello, por encima de mis pechos.

—¿Y si te toco así?—Su mano llega a mi trasero y me trae hacia él, ese toque tan animal, me hace entrar en razón y lo empujo.

El muy maldito se ríe de mi reacción y regresa a la sala y se sienta con Zoe.

¿Por qué está tan calmado? Nada de esto es normal. No puede venir dos años después a mostrarse como el mismo imbécil de siempre, ya no somos unos adolescentes.

—¿Zoe quieres algo de tomar? —Le pregunto y ella asiente con la cabeza— ¿Jugo de fresas está bien?

Me sonríe —Fesas.

Nos vemos por un segundo con su padre, otra palabra más a la lista, está recuperando a su hija. Tomo un vaso de jugo de fresas y se lo doy. —¿Y el mío? —pregunta su padre.

—Zoe es mi invitada —Me burlo y le doy la espalda para ir a mi habitación. No sé qué hacer. Me encierro en mi habitación y decido llamar a la única persona que quizás puede entenderme.

—Hola, Ellie, ¿Va todo bien? —Responde Bridget.

—Logan está en mi casa con Zoe.

Escucho que se ahoga en su propio grito de sorpresa.

—¿Qué demonios hace ahí?

—Le prometió a Zoe llevarla al parque conmigo —Le explico lo que puedo —No sé qué debo hacer, me siento extraña, Bridget. Siento que estoy engañando a Garrett. ¡Ni siquiera le pude decir que él ha regresado!

—Tranquila, cariño. ¿Acaso ha pasado algo?

—No. ¿A qué te refieres?

—Sabes a lo que me refiero, Ellie.

—Es un idiota provocador, se ha vuelto loco cuando supo que vivía con alguien y más cuando supo que era Garrett.

—Lo puedo entender, yo todavía recuerdo esa noche.

—Eso no ayuda en nada, Bridget.

—Lo lamento, bueno—Suspira—Ve al jodido parque, no pasa nada, además es para ayudar a Zoe ¿No?

—Por supuesto.

—Entonces no pasa nada, pero tendrás que decírselo a Garrett tarde o temprano.

—Lo sé. ¿Entonces debo ir?

—Te lo debes a ti misma, necesitas que te explique lo que realmente pasó para que pases la página.

—Tengo miedo de lo que pueda decirme, no sé si estoy preparada, todavía estoy enfadada con él.

—Solamente lo sabrás cuando sepas la verdad— Continúa Bridget—Lo demás dependerá de ti.

—De acuerdo, te veré después.

—¿Y, Ellie? Por favor ten mucho cuidado, no quiero que salgas lastimada de nuevo.

Nadie quiere eso.

—Lo intentaré.

Corto la llamada y tomo mi chaqueta, si vamos a hablar y regresar al pasado, seré yo la que haga las preguntas y pase lo que pase, debo mantenerme fuerte, ahora hay dos personas a las cuales no quisiera lastimar. A Garrett y a Zoe.

—¿Nos vamos?—Les pregunto a ambos que están perdidos en la televisión.

—Vamos, princesa—Le tiende su mano a Zoe y ambos se levantan del sofá, Logan apaga el televisor y me ve de pies a cabeza cuando dice—Te ves hermosa.

Pongo los ojos en blanco y soy la primera en abrir la puerta, solamente tomo las llaves de mi auto que enseguida son despojadas de mi mano.

Mi teléfono móvil lo llevo ya en mi bolsillo trasero.

—Yo traje mi auto—Me dice Logan—No sabía que ya conducías.

—Todo se puede superar en este mundo, Logan Loewen.

Ignoro su suspiro y cierro la puerta detrás de mí.

¿Qué demonios es esto?

Es como si fuésemos una familia, ambos llevamos de la mano a Zoe y aunque sea lo más normal, para mí no lo es, me pone nerviosa y también algo en mi interior se siente emocionada hasta el punto de querer saltar en un pie.

¡Por Dios!, tranquilízate, Ellie.

Abre la puerta para Zoe y la coloca en su asiento de bebés, abrocha su cinturón y yo me quedo embelesada al ver a este hombre siendo un buen padre. Sé que es un buen padre aunque no entienda por qué no tiene la custodia completa de su hija. También puedo ver el dolor y emoción cuando la ve, padre e hija se necesitan, ¿Acaso soy la única que ve eso?

Cuando voy hacia la puerta del copiloto siento su pecho detrás de mí llegar de forma rápida y abre la puerta para mí. Me ve más serio de lo normal, no sé si es por lo que le dije allá arriba, la verdad no me importa.

No mediré mis palabras con él.

Y no me dolerá lo que tenga que decir, se ha llevado con él todo.

¿Qué más me puede doler?

CAPÍTULO 13

Estamos en el parque, uno muy hermoso y hay pocas personas a nuestro alrededor. Zoe sonríe sin parar mientras juega con muchas piezas de Legos. En los pocos minutos que hemos estado aquí Zoe ha dicho, papi, agua, pelota.

—¿Dónde has estado todo este tiempo, Logan?— Hago la pregunta captando su atención, Zoe sigue jugando y riendo para sí—Zoe cada día mejora, algo me dice que durante todo este tiempo lo único que ha necesitado es a su padre, es por eso que se ha encerrado en su propio mundo, ella está sana.

—¿Mi hija está sana?

—Desde que la conocí no articulaba ninguna sola palabra, solamente gruñía y lloraba, le tenía miedo a todo a su alrededor, te morirías si te digo en las circunstancias en que la conocí.

—Bratt me lo dijo—Me ve un poco serio y veo cómo aclara su garganta—Salvaste la vida de mi hija.

—No sé lo que esté pasando contigo y con los señores Stanton, pero claramente todo se debe al trato de su abuela, ha sometido a Zoe lejos del mundo, que viva con miedo y no atiende sus necesidades como jugar, algo tan sencillo como eso. ¿Por qué has permitido todo esto?

—Pensé que hacía lo correcto dejándola con ellos—La acaricia por un segundo y regresa su mirada a mí—Quisiera explicártelo pero no ahora, llevaré a Zoe en casa de sus abuelos y me gustaría hablar contigo, realmente lo necesito, Ellie. Solamente te pido que me escuches.

Siento la desesperación en sus palabras. Realmente la está pasando mal.

—De acuerdo—Le digo con toda la sinceridad del mundo.

Jugamos, comimos y Zoe se quedó dormida en su asiento de bebé mientras íbamos hacía la casa de los Stanton.

—¿Te estás quedando aquí?

—Sí, no quiero dejar a Zoe sola, además ella se levanta llorando y gritando por mí casi todas las noches cuando no me ve.

—Cuando ella sienta que no la volverás a dejar no volverá a pasar eso, confía en mí.

—Lo hago—Dice tomando mi mano que descansa en mis piernas y lo veo por un segundo sin decir nada.

Cuando llegamos, los señores Stanton nos recibieron en la puerta, Bratt es todo un encanto pero me decepciona que su mujer lleve los pantalones de la casa y lo maneje a su antojo. En cuanto a Zoila, me ve con recelo y me sonríe de vez en cuando con hipocresía.

Deja en la cama a Zoe que duerme su siesta y ambos salimos.

—Vamos al jardín—Toma mi mano como si fuese normal entre nosotros este contacto físico y dejo que me lleve al jardín.

Uno muy hermoso que estoy segura que Zoe lo disfrutará cada día más que se sienta a salvo con el regreso de su padre.

Nos sentamos cerca de una piscina que está totalmente cubierta y alrededor hay muchas flores de todos colores, es realmente hermoso, pero se respira mucha soledad.

El gran pasto verde y el sonido de los pájaros a esta hora lo hacen más hermoso.

Pongo mi teléfono sobre la mesa y me cruzo de brazos, Logan hace lo mismo a excepción que hace su silla un poco más cerca de mí. Se lleva una mano a su cabello, está luchando internamente por dónde empezar.

Le ayudaré un poco.

—¿Por qué mentiste?

Hace un breve silencio antes de responder.

—Y por favor no más mentiras, Logan.

Dice que sí con la cabeza y suspira de nuevo.

—Cuando el cáncer regresó a Azura me alejó de ella—Empieza a sincerarse y mi silencio hace que prosiga—Me dijo que me buscaría... y bueno, no lo hizo. En cambio recibí un mensaje de texto que decía que ella había muerto.

Dios, eso es tan cruel.

—Estaba en una carrera y sufrí un accidente, es por eso que sufría de dolores de cabeza cuando fui a tu casa, habían pasado apenas nueve o diez meses desde el accidente. Me perdí su velorio y entierro. Sus padres me alejaron de todo eso, de todo hasta de mi hija.

—¿Cómo supiste de Zoe?

—Cuando mis padres fueron a tu casa— Recuerdo ese día enseguida y me llevo las manos a la boca. —Estuve enojados con ellos mucho tiempo porque también me querían lejos de Azura, pero no pudieron con Zoe, gracias a ellos es que regresé.

Hay algo que me duele, me duele demasiado.

—¿Por qué mentiste?—La primera lágrima cae— ¿Pensabas que no lo iba a entender? ¿Creíste que era tan egoísta en no aceptarte con una hija?

¿O es que solamente me utilizaste para olvidarte de su madre?

—¡No!—Grita—No te utilicé, quería empezar de cero y luego... luego te vi, no podía sacarte de mi cabeza, Ellie.

—Me abandonaste en la cama de un hospital, herida, confundida. ¿Cómo crees que me sentí cuando dijiste que ella te necesitaba? Pensé que estabas hablando de Azura.

—No podía decírtelo.

—¿¡Por qué!?—Ahora soy yo la que lo enfrento gritándole.

—Porque de no haberte perdido, habría perdido a mi hija—Sus ojos grises ahora parecen dos bolas negras llenas de odio y su mandíbula se tensa tanto que parece que quisiera romperla—Esa fue la condición de Zoila, me acercaría a mi hija con la condición de que estuviese solo, no quería exponer que mi hija pensara que tenía una madre nueva o cualquier mierda parecida a esa.

—Eso no tiene sentido.

—Ya te había mentido lo suficiente, Ellie.

—¿Por qué no me dijiste que Azura había muerto?

Tengo que saberlo también, porque nada de lo que me dice tiene sentido o quizás sí soy egoísta y no lo quiero entender.

—¿Recuerdas cuando murieron tus padres?

Otra lágrima se escapa y asiento con la cabeza.

—Según aquel seminario que diste, hablaste de las fases de una pérdida, tú estuviste en una fase de negación, la primera de las cinco—Continúa y eso no ayuda nada a cómo me siento al saber que recuerda cada cosa que vivimos juntos—Creo que yo me quedé en esa fase.

Nunca enfrenté la muerte de Azura y la mejor forma de hacerlo era no hablar de ella, solamente pude decirte de su enfermedad. Intenté... intenté con todas mis fuerzas decirte que ella había muerto, pero no pude. Después pasaron tantas cosas y pensé que algún día te lo diría, sabía que entenderías, pero luego me enteré sobre Zoe y solamente...

—Huiste.

—No fue mi intención huir, no quería seguirte lastimando, pensé que te había perdido con lo que pasó con Brenda. El maldito mundo estaba conspirando conmigo en todas las maneras posibles.

—Si tan importante es Zoe para ti ¿Por qué no estás con ella?

—Zoila y Bratt tiene la custodia de ella desde que nació, ni siquiera tiene mi apellido, he estado intentando de todas las maneras posibles para recuperarla y que viva conmigo, pero luego Zoe presentó problemas sobre su comportamiento y no quería causarle más cosas que pudieran alterarla, he tratado por las buenas, pero ahora que me has dicho que mi hija solamente necesita de su padre, voy a interceder de manera legal.

—¿Ya has hablado con alguien sobre esto?

—Sí, voy a empezar porque mi hija lleve mi apellido. —Continúa ahora con un tono de esperanza en su voz— Y que en ningún jodido papel diga que mi hija tiene problemas psicológicos. Y en eso me tienes que ayudar tú.

—¿Es por eso que la llevaste conmigo?

—No —toma mi mano— Es porque eres en la única persona que confío en todo el jodido mundo y además sabes lo que haces.

—¿Qué pasa con el señor Bratt?

—Cuando decida tener las bolas y hablar antes que su mujer lo tomaré en cuenta, mientras tanto no me fío de él, Zoila siempre lo ha manejado a su manera y esa era una de las cosas que siempre molestó a Azura de su madre, ni siquiera se llevaba bien con ella.

Sé que Azura está muerta, pero siento celos que me hable de ella casi sonriéndome. Supongo que siempre estará en su mente y su corazón por la hija que tuvieron juntos, y eso está bien. Es como debe ser.

—Te ayudaré, pero tienes que prometerme algo, Logan.

—Lo que sea.

—Prométeme que serás solamente mi amigo.

Se pone de pie y me ve como si me desnudara con la mirada. Lo conozco porque ahora sus silencios son muy claros.

—Yo no voy a engañarme, Ellie—Susurra en mi oído—Ni te voy a engañar, te lo dije, me importa una mierda que tengas novio, pero que vivas con él y pensar que cada noche toca lo que fue, es y será mío, me mata por dentro. Pero es tu decisión— muerde mi oreja y lleva chispas a todo mi cuerpo—Solamente, no te tardes, porque muero sin ti.

—Logan...

—Te llevaré a casa—Dice sin más y se separa de mí.

Me tiende la mano pero no la tomo, ya suficiente tengo por hoy de su tacto, lo que dijo fue tan... ¡Joder! Sabía que no debía de fiarme de él, es un maldito jugador, siempre lo ha sido.

Esta vez entro a su coche y no espero que me abra la puerta, eso lo hace reír. ¿Desde cuándo sonríe tanto el muy cabrón? Y ¿Desde cuándo digo tantos tacos?

Logan Loewen siempre tiene que sacar lo peor de mí.

CAPÍTULO 14

Lo observo mientras conduce, va con su ceño fruncido y parece enojado. O se está conteniendo de hacer algo que sabemos que puede terminar mal.

—Llévame a lo de Dean —Le ordeno— No quiero ir a casa todavía.

Ni siquiera me molesto en darle la dirección, seguramente ya la sabe. La casa de Dean queda a pocas calles de nuestra antigua casa. Pasamos frente a ésta y se me hace un nudo en la garganta, hay una familia fuera, la mujer está embarazada y el hombre toca su vientre mientras ríen sobre algo y ven a sus dos hijos jugar en el césped.

¿Podríamos haber sido nosotros? Sacudo mi cabeza con ese pensamiento. Está tan lejos de ser verdadero, no soy madre, no he soñado con serlo desde hace mucho tiempo y me cuido demasiado para no quedar embarazada.

—Llegamos.

La voz de Logan me hace levantar la mirada, y tiene razón, hemos llegado, bajo del auto y me sorprende de que no se baje.

—¿No vienes?

—¿Quieres que entre contigo?

—No seas ridículo, Logan. Estamos hablando de Dean, tu espía secreto.

Sin decir más baja del auto y entra conmigo, se siente el aroma dulce dentro de la casa y mi sobrino sale corriendo a mis brazos cuando me ve entrar.

—¡Tía Eie!—Se lanza y lo sostengo fuerte, levantándolo y besando su carita.

—Hola, mi pequeño.

Lo bajo al suelo y sale corriendo gritando mi nombre, Logan ríe detrás de mí y lo veo por un segundo.

—Parece que todos los niños del mundo te aman.

—Eso lo hace mejor.

—Vamos, tía Eie—Me toma de la cintura y camina junto a mí.

Golpeo su brazo para que no me toque y levanta sus manos en rendición. Llego hasta la cocina y Bridget está preparando la cena, pero lo que me llama es el pastel que tiene en su horno. Es increíble que ahora sea toda una ama de casa. Mi querido controlador hermano no la deja trabajar desde que el pequeño Ethan llegó.

—Hola, Ellie—Saluda Bridget sin voltearse—Cuéntamelo todo, si me dices que se comportó como un idiota, le buscaré y romperé su…

Se queda de pie y avergonzada al verme al lado de Logan.

—El idiota se va a buscar a su mejor amigo—Dice Logan y se dirige al despacho de Dean.—También es un placer verte—Le grita desde lejos. Nos quedamos viendo con Bridget y yo solamente puedo hacer una cosa. Reírme como loca.

—Oh, no—Limpia sus manos y se acerca a mí—Dime que no pasó lo que estoy pensando.

—No ha pasado nada—Limpio las lágrimas por mi ataque de risa—Ya lo sé todo.
—¿Y?
—Y nada, le ayudaré a recuperar a su hija.
—No entiendo nada.

Le explico brevemente todo lo que ha pasado, desde por qué se fue y por qué regresó, Bridget maldice, abre la boca, sus ojos se han salido de las orbitas y tanto ella como yo.

Hemos entendido todo, aunque no deja de doler. Solamente espero que esté haciendo lo correcto y mi mejor amiga y cuñada no me juzgue. Cuando escuchamos voces que vienen bajando las escaleras, ambas disimulamos un poco. Veo a mi hermano un poco serio y a Logan que lleva en brazos a Ethan.

No me lo puedo creer.
—Pensé que no te gustaban los extraños, Ethan—Lo acuso.
—Tío Ogan.

Veo a mi sobrino que juega con Logan y me sorprende, Garrett tardó mucho tiempo en que lo quisiera.

Aunque seguramente Logan ya lo conocía, ya nada me puede sorprender.

Hemos cenado en silencio, pero he disfrutado un poco la compañía y recordando viejas cosas, a pesar de que fueron momentos felices, siento que cada uno de ellos desgarra más lo que queda de mi corazón.

Mientras mi hermano sigue viéndome con recelo, yo ignoro su mirada y me dejo caer en el sofá, siento que mi celular me avisa que tengo un mensaje de texto y lo abro.

Ojalá hubieras muerto.

El celular se me resbala de las manos, y cae al suelo, me llevo las manos a la boca cuando siento que la bilis se me revuelve y corro hasta el baño más cercano ignorando las voces detrás de mí.

—¿Ellie? —Toca la puerta Bridget— ¿Estás bien?

—Sí... un momento.

Mi estómago se relaja por un segundo, evitando así vomitar la cena y finjo una sonrisa antes de abrir la puerta.

No solamente Bridget está ahí, también Dean y Logan que sostiene mi teléfono y no dice nada, seguramente leyó el mensaje y le ruego con los ojos que no diga nada.

—Lo siento, creo que la comida me cayó mal.

—Lo siento —Dice Bridget acariciando mi espalda— ¿Quieres un vaso con agua?

Digo que sí y los cuatro nos dirigimos a la cocina.

—Parece que hubieses visto un fantasma —Dice Dean muy serio— ¿Segura estás bien?

—No pasa nada.

Logan sigue sin decir nada y me entrega mi teléfono, con mano temblorosa lo tomo e ignoro su mirada que me quema por todo el cuerpo.

—Será mejor que me vaya —Les aviso— ¿Cenamos mañana?

Todos los domingos cenamos en familia, a veces está Garrett y otras veces no, ya que la mayoría de tiempo pasa en su galería pintando o tomando fotografías. No lo culpo, es a lo que se dedica y a veces yo misma lo acompaño, pero dejé de hacerlo y ni siquiera sé por qué.

—Yo te llevo —Se ofrece Logan.

Me despido de todos y Logan le da un abrazo a Dean—Me alegro de verte de nuevo, lamento mucho haberme perdido tu boda.

—Pronto estaremos de aniversario—Mi hermano ve con orgullo a su hermosa esposa—Quiero verte ahí.

—Lo haré.

Soy la primera en entrar al auto y no dejo de pensar en ese mensaje. ¿Quién quiere asustarme de esa manera? Primero fue *"¿Qué se siente perderlo todo?"* y ahora esto.

Veo cuando Logan rodea el auto y se sube, tira la puerta tan fuerte y arranca el auto de la misma manera y conduce rápido.

—Detente—Le ruego—Baja la velocidad.

Ignora mi petición y acelera todavía más, pasando a muchos autos y llegando a la carretera principal. Sé que le ha afectado leer ese mensaje, pero debe de tranquilizarse, puede hacer que nos matemos ahora mismo.

—Por favor… por favor detente—Siento el miedo de nuevo apoderarse de mí, no puede venir a joderme de nuevo, no puede hacerme perder la razón, he superado mis miedos y no es gracias a él—¡Detente!

Mi grito hace que caiga en razón y baja la velocidad, estamos cerca del edificio de Garrett pero encuentra un lugar para estacionarse.

Su respiración va a mil y la mía también, solamente escuchamos nuestras respiraciones y no nos vemos a los ojos.

—¿Quién.en.el.jodido.mundo.te.ha.enviado.ese.mensaje?— Repasa cada palabra.

No digo nada, realmente no lo sé.

—¡Responde!—Grita.

—¡No me grites! —Le digo en el mismo tono de voz— ¡¿Quién demonios te crees que eres?!

Tengo su atención, no estoy llorando a pesar de que mis ojos están nublados por las lágrimas que amenazan con salir. No voy a darle el gusto de verme quebrada ante él... de nuevo.

—¿Crees que venir aquí después de dos malditos años sin ti y que me hayas dicho toda la verdad lo cambia todo? ¿Crees que te diré que todo está bien y que olvidemos lo que pasó?

¡Lo perdí todo! —Lo empujo cuando intenta acercarse— ¡Mi vida se detuvo por ti! Nada tenía sentido y sabes qué... yo también deseo haber muerto ese día. ¡Ojalá hubiese muerto cuando te fuiste!

Me toma de las muñecas y me atrae hacia él, estrellando de manera violenta sus labios con los míos, lucho contra el impulso de que lo que estoy haciendo está mal y entre más siento su sabor mezclado con mis lágrimas saladas, más lo beso yo también. Logan afloja su agarre y me toma el rostro para besarme más y yo le doy acceso a sus labios y su lengua dentro de mi boca.

Cuando siento que ha pasado una eternidad, mis pulmones me piden tregua y rompo nuestro beso para poder respirar. Logan toca mi rostro y me ve, toca mis labios hinchados y limpia las lágrimas de mi rostro... he llorado de nuevo, pero esta vez de la rabia.

—Nunca vuelvas a decir algo como eso, Ellie —Pega su frente a la mía y cierra sus ojos— Por favor.

—Todavía lo recuerdo, Logan —Susurro con voz ronca— Estuve a punto de morir y tú no estabas allí. No sé cómo lo logré, pero tu recuerdo me salvaba y a la vez me mataba.

Logan separa mi rostro del suyo y me ve cuando dice:
—Yo estuve ahí.

CAPÍTULO 15

Sigo inerte ante su confesión.
—¿Qué?—Pregunto rompiendo el silencio.
—Estuve ahí cuando tuviste el accidente, Ellie—Intento zafarme de su agarre por lo que estoy escuchando, quiero huir pero no me deja—Estuve ahí y te vi mientras estabas inconsciente en el hospital. Dean estaba destrozado, pensó que te perdería.
¿Mi hermano volvió a ocultarme sobre el regreso de Logan?
—No—Responde como si leyera mi mente—Dean no lo sabe, entré cuando se fue. Ese mismo día me enteré de tu accidente y volé para verte por unos segundos nada más antes de que despertaras. Besé tus labios heridos—Los toca y cierro mis ojos—Besé tus ojos, tu cabello, tus mejillas.
—¿Estuviste ahí?—Sollozo—¿Por qué no te quedaste?
—No pude, Zoe enfermó y tuvimos que internarla en Londres, Zoila me culpó por haberme ido sin decir nada, no tuve otra opción.
—Hiciste lo correcto.
Recuerdo que después de mi accidente yo viajé a Londres y fue cuando me encontré con Garrett.

De eso se trataba mi sueño. En donde mi padre me decía que no quería que viera lo que estaba detrás de esa habitación.

Cuando abrí la puerta, me vi en la cama de un hospital y Logan llorando tomando mi mano. Antes de que Garrett me despertara, logré verlo.

No era solamente un sueño. Fue real.

—Era como tenía que ser.

—¿A qué te refieres?—pregunta ahora con recelo.

—Después del accidente fui a Londres y me encontré con Garrett—Su mirada me dice que no le gusta nada de lo que está escuchando—Estamos juntos desde ese entonces.

—¿Y has decidido vivir con él después de unos meses?

—Llevamos un año.

Me suelta las manos y ve hacia otro lado, cuando regresa su mirada a la mía, temo lo que vaya a salir de su boca.

—¿Lo amas?

Ahora soy yo la que desvía la mirada. ¿Quién se cree que es para preguntarme algo como eso?.

No tiene ningún derecho, seguro que cualquier respuesta no cambiará nada entre lo que fue de nosotros dos.

—Eso no es de tu incumbencia.

—Tienes razón—Se ríe—No me importa, pero a juzgar por ese beso que nos hemos dado no veo ningún remordimiento en tus ojos.

—Eres un idiota.

—Aquí la idiota eres tú—Enciende de nuevo el auto enfadado—Quieres engañarte a ti misma, cuando tú y yo sabemos que ese silencio y evasiva es porque tu novio te importa una mierda.

Eso dolió.

—Te crees que lo sabes todo, Logan—Susurro viendo hacia la ventana, ya casi llegamos—Pero no fui yo la cobarde que mintió y salió huyendo, al menos yo intento seguir con mi vida, he encontrado a una persona que me ama por lo que soy.

¿Qué vas a saber tú de amor si has abandonado a las dos mujeres que te han amado más que a la vida misma?

Al momento en que termino de hacer la pregunta, veo su nuez moverse sin control, le he desgarrado el alma, y bueno, nada de lo que le haga sentir ahora se compara con lo que él me hizo creer durante mucho tiempo. Y aunque ahora sepa las razones, el daño está hecho. No puedo darle la bienvenida a mi vida como si nada ha pasado, ahora ya no se trata de nosotros dos, se trata de que recupere a su hija, y al menos en eso, puedo ayudarlo.

Salgo de auto sin decir nada y paso recepción, el portero me saluda y yo apenas y puedo contener mis lágrimas cuando me dirijo hacia al ascensor, maldiciendo para mis adentros lo que acabo de hacer. He engañado a Garrett de la manera en que jamás pensé hacerlo.

Entro al apartamento y me voy directo a la ducha, intento engañar a mi mente en que cuando siento el agua caer sobre mi rostro, es eso, agua y no mis lágrimas mezclándose con ellas. Ni siquiera pude decirle que no, que no amaba a Garrett eso seguro iba a ser luz verde para él.

No voy a dejar a Garrett.

Él me ama y yo… yo quiero seguir intentándolo.

Me debato entre dormir y seguir armando el rompecabezas de mi vida. Ahora entiendo realmente todos mis sueños, el accidente que sufrió Logan en mi sueño se debía a que él había perdido a alguien, a Azura. Cuando no vi su cuerpo en el auto era que él se iría de mi lado porque alguien lo necesitaba.

Dijo: ella me necesita.

Pensé que se trataba de Azura, pero no. Era su bebé, el mismo que lloraba en mis sueños. Y la caída que sufrí no era sobre el accidente, era que la única que iba a salir perdiendo de todo esto iba a ser yo.

Y así fue.

Cuando en el sueño su auto colisionó y no había nadie, era que todo a mi alrededor se vendría abajo una vez él se fuera de mi lado.

¿Y ahora él viene a mí?

¿De cuántos capítulos será su amor ahora?

Él no era el chico malo como el de todas las historias que la chica buena se enamora de él. Él era el chico bueno que se convirtió en malo cuando la chica buena lo dejó ir.

Pero yo no lo dejé ir.

Él fue quien me dejó a mí para ir a buscar algo que yo no podía darle…y su primer amor se lo dio.

—Prométeme que no dejarás que un idiota te lastime.

Las palabras de mi padre. Ya había un idiota que había roto mi corazón a los trece. Y ahora el mismo idiota lo había hecho, de la peor manera. Me doy cuenta que lo que sentí de niña no se compara a esto ni lo que sentí cuando se fue.

Él me estaba salvando. Pero tenía que regresar.

¿Por qué tenía que regresar?

Mi día en el centro fue casi en piloto automático. Hoy no vería a Zoe, y por alguna razón ahora la veía diferente, siempre la vi diferente, como si se tratara de mi propia hija. Ella cada día mejora, pero ¿Qué pasará después? Seguramente Logan tendrá la custodia de su hija una vez determine que Zoe es capaz de vivir con su padre como una niña normal. ¿Se irá a Londres?

¡Mierda!

No me tiene que importar, ella estará bien. Él ha demostrado ser un buen padre y aunque sus decisiones no hayan sido las mejores acertadas, ¿Qué padre es perfecto? Ninguno, ni siquiera los míos fueron perfectos. De nuevo aquí estoy, queriendo arreglar todo para todos y dejándome a un lado a mí. Es así mi vida ahora, vivir con Garrett ha sido por él, no por mí. ¿Hasta cuándo dejaré de tratar de arreglar todo?

La llamada entrante de Garrett a mi teléfono móvil me hace caer en una dolorosa realidad.

—Hola, cariño —Es el primero en responder— Te echo mucho de menos.

—Hola, ¿Va todo bien?

—Sí, creo que estaré en casa antes.

Gracias a Dios. Y, oh mierda.

—¿Cómo está mi chica?

Me saca una pequeña sonrisa —Estoy bien.

—De acuerdo, sé que no estoy ahí pero puedo sentir que algo no anda bien. ¿Qué pasa?

Muerdo mi labio inferior, quiero llorar, gritar y maldecir al mismo tiempo. Soy la peor novia de todas. Tengo que decirle todo... o casi todo.

—¿Recuerdas... a la pequeña Zoe? —Pregunto como una idiota, no sé por dónde empezar.

—Claro, la pequeña que te adora. ¿Qué pasa con ella?

—Ella —Tartamudeo y siento mi respiración agitada— Su padre.

—¿Le pasó algo a su padre? —Garrett pregunta preocupado.

—No... su padre —Cierro mis ojos esperando lo peor— Su padre es Logan.

Como lo sospeché. Hay un breve silencio, no sé a cuántos Logan cree que conozco o a cuántos conoce él. Pero todo es una simple y maldita lógica.

—Logan —El tono de su voz me dice que sabe a qué Logan me refiero— Logan Loewen.

—No lo sabía Garrett —Empiezo a explicarle nerviosa— Pensé que los señores Stanton eran sus verdaderos padres, pero resulta que son sus abuelos y...

—¿Cómo te enteraste?

Oh, demonios.

No digo nada y eso hace que Garrett se desespere por mi silencio.

—Respóndeme.

—Cuando Zoe tuvo la crisis y fui a su casa... él... él estaba ahí.

De nuevo otro silencio, pero lo peor es que esta vez escucho su respiración, sé que está furioso porque se lo he ocultado.

—¿Y me lo dices hasta ahora? —Ataca— Te pregunté si todo estaba bien, era tu oportunidad para decirme que el maldito de tu ex novio había regresado, eso solamente quiere decir que algo más ha pasado ¿Verdad?

—No sabía cómo decírtelo sin que te enfadaras, Garrett.

—Eso te salió jodidamente bien, Ellie.

—Garrett no es lo que...

—Ahora mismo no quiero hablar contigo.

Y sin decir más corta la llamada. Dejo salir un gran suspiro, lo merezco y su reacción ha sido mejor de la que esperaba. Temía que me gritara por teléfono o algo peor, que cogiera el primer avión y regresara cuanto antes a marcar territorio.

Le daré un momento, si hay algo que no conozco de Garrett es que jamás se ha enfadado conmigo de esa manera, nunca le he hecho sentir de otra forma más que un corazón roto por no amarlo como quiere, y ahora le hago esto... soy una mala persona y seguramente me quedaré sola, es así como funciona mi vida ahora.

CAPÍTULO 16

He llamado a Garrett desde los últimos tres días y no ha respondido mis llamadas o mensajes y está empezando a preocuparme. Ahora temo lo peor y más si ahora los ojos de Logan han estado viendo cada movimiento e ignorándome por completo a la vez.

Ha traído a Zoe a sus terapias, le he redactado la carta que me pidió con el diagnostico de Zoe para que se lo entregue a su abogado y solamente he cruzado las palabras, hola y adiós.

Todavía no se sabe si solamente mi carta necesita para pelear la completa custodia de Zoe, por lo que tiene que esperar, respetar las reglas de Zoila y seguir esperando.

Odio que tenga que esperar.

— Estás un poco callada.

Zoe ahora juega con otros niños de su edad, pacientes que no son como ella y están aquí por cuestiones de comportamiento y aprendizaje, es un gigante paso y no cesa de sonreír todo a su alrededor.

Era todo tan sencillo y me parte el corazón que la mantengan lejos de su padre. Me pregunto si alguna vez pregunta por su madre, seguramente ella piensa que su madre es Zoila.

—Ellie.—Logan toca mi brazo y me sobresalto.—¿Te encuentras bien?

—Eh, sí—Desvío la mirada hacia otro lugar, no puedo verle a los ojos después de ese beso y todo lo que le dije.

Me cuesta entenderlo y por otra parte no lo culpo, intento perdonarle su mentira, ahora me doy cuenta que no fue abandono.

Estaba haciendo lo correcto y por mucho que me dolió y marcó, hubiese sido más fácil si hubiera sido honesto conmigo y al menos eso no se lo puedo perdonar del todo.

—Mañana tengo la cita con mi abogado y quería pedirte un favor.

Su tono de voz hace que lo vea, esos ojos grises me piden a gritos mi ayuda y no puedo resistirme a decirle que no.—¿Qué necesitas?

—Zoila y Bratt saldrán de la ciudad y...

—Yo la cuido.

Siento que haría cualquier cosa por ella ahora, no solamente es su hija, desde que la salvé en la piscina, tenemos una conexión fuerte, a veces me reflejo en ella y otras veces veo la versión infantil de Logan. Fuerte, seria cuando quiere, sus grandes ojos grises y pequeña autoridad sobre lo suyo.

—Gracias.

—Estaré siempre para ella, quiero que lo sepas.

—¿Por qué?—Pregunta conmovido—Pensé que me odiabas y que no me ibas a ayudar.

—No seas ridículo, Logan.

Se acerca un poco a mi lado y se inclina para susurrarme al oído:

—Cada vez que me insultas lo único que me dan ganas de hacer es tumbarte en el suelo y que grites mi nombre hasta que ya no te quede voz—Susurra erizando cada centímetro de mi cuerpo—Así que controla esa boca para que no cometa una locura.

Se aparta y regresa a la misma distancia para seguir observando a su hija. Me ha dejado sin palabras, y no solamente por lo que quiere hacerme cuando le riño, sino que también piensa que le odio.

—No te odio, Logan—Me giro para verlo—Pero si haces eso que quieres hacerme... ten por seguro que te odiaré.

...

—No sé qué hacer.

He estado dos horas en casa de Dean y les he dicho lo que pasó, desde nuestra discusión hasta el beso que nos dimos, si hay alguien que puede entender es mi hermano y su esposa.

No me han juzgado y hasta parece que el regreso de Logan les ha afectado más a ellos que a mí.

—Si lo sabes—Responde Dean un poco serio—Siempre lo has sabido.

—Engañé a Garrett. Nunca me lo voy a perdonar.

—Llevas meses engañándolo, haciéndole creer que eres feliz a su lado, que le quieres y que es el amor de tu vida.

Abro los ojos tanto como puedo y veo a mi cuñada que no dice nada. ¿Acaso escuché bien?

—Eso es mentira.

—No hagas las cosas más difíciles, Ellie. Ahora ya no se trata sólo de ti, también hay una niña de por medio que necesita recuperar a su padre, tener una familia.

Pon tu mierda en orden, si quieres seguir engañándote pensando que Garrett es el indicado para ti, aléjate de Logan porque sabes que tampoco Garrett se merece que lo engañes, nunca me ha simpatizado del todo pero sé que es decente y te trata bien... pero pon.tu.mierda.en.orden.
—Eres un hipócrita.
—No—Protesta—No me vengas con esa mierda ahora, conozco muy bien ambas versiones y sé que tú fuiste la víctima también.
Pero han pasado dos malditos años y tanto él como tú tomaron una decisión, él decidió irse y tú vivir con tu novio. Por lo tanto, no compliques las cosas y sé la profesional que eres, ayúdalo con su hija, pero no metas a tu corazón en esto.
Es muy tarde para eso, porque desde que Logan regresó he sentido que mi corazón o parte de él ha vuelto a latir tanto que duele.
—No quiero verte sufrir—Toma mi mano y limpia la primera lágrima—Él es mi mejor amigo y tú mi hermana pequeña, pero no me importaría patear su culo... de nuevo.
—Lo sé. Y tienes razón, ya no somos los mismos de antes y ahora él debe ser el hombre responsable y padre que Zoe necesita.
—Esa es mi chica.
Regresé a casa y lo único que quería hacer era llamar a Garrett, de nuevo seguía sin responder, no sé cuánto tiempo necesitaba y ahora dudaba en decirle lo que había pasado realmente aunque se lo puede imaginar, de otra manera no estuviera reaccionando así.

Solamente espero que todo salga bien, que Logan recupere a Zoe y se vayan lejos, me siento muy cruel al desear esto, pero si Logan decide vivir en Canadá será más difícil con esta lucha interna.

Por primera vez estoy pensando en mí y me siento terriblemente egoísta.

A la mañana siguiente siento un terrible dolor de cabeza, pero aun así me apresuro a prepararme para enfrentar otro día en donde mi novio no ha devuelto mis llamadas y además tener que ver a mi ex y cuidar a su pequeña.

Lo único bueno del día será eso. Cuidar de Zoe.

Cuando he terminado de ver mi desayuno intacto, escucho el timbre de la puerta, debe ser Logan y esta vez le he anunciado para que lo dejen pasar. Me siento nerviosa y por acto reflejo me veo al espejo antes de abrir.

«*Pero qué hago.*» pienso y al mismo instante abro la puerta.

—Buenos días—Saluda Logan luciendo un traje sin corbata y se me hace agua la boca. ¿Qué sucede hoy conmigo?

—Buenos días—Veo a todos lados—¿Dónde está Zoe?

—En casa.

—¿En casa?

—Lo siento, ayer intenté decírtelo—Me doy cuenta que sigue en el pasillo, así que abro más la puerta para que entre y él continúa—Zoe se está quedando conmigo... en mi casa.

—¿Tienes una casa?

—Sí, he comprado una, no quiero estar en el mismo techo que Zoila, además esa casa tiene muchas cosas que son peligrosas para Zoe.

Sonrío y no me doy cuenta que lo hago hasta que él me sonríe de vuelta. De pronto la realidad me toca. Si él ha comprado casa aquí eso quiere decir que es permanente su estadía, aunque Logan se puede permitir tener una casa alrededor el mundo por su carrera.

Me hago la pregunta si todavía sigue compitiendo y al mismo tiempo niego para mis adentros. ¿Quién cuidará a Zoe cuando él esté en una temporada?

Oh, Ellie.

—¿Vamos?

Asiento y tomo mi bolso. Llegamos al auto y soy la primera en subir, ignorando su caballerosidad, veo cuando rodea el auto, esa simple acción antes me gustaba verle con deleite y me reprendo a mí misma cuando lo he vuelto a hacer sin darme cuenta.

La música suena cuando da marcha al auto y cierro mis ojos al escuchar la letra.

Has estado buscando
¿Has encontrado muchas cosas?
Tiempo para aprender
¿Por qué no he aprendido nada?

Palabras sin ningún significado
Me han mantenido soñando
Pero ellas no me dicen nada.

Todo lo que nunca dijiste es que me amabas tanto
Todo lo que nunca sabré es si me querías, oh
Si solo pudiera mirar dentro de tu mente

*Tal vez encontraría una señal de todo lo que yo quería
escuchar que me digas a mí
A mí.
¿No está seguro?
¿O simplemente tienes miedo de bajar la guardia?
¿Has estado lastimado?
¿Estás asustado de mostrar tu corazón?*

*La vida puede ser cruel
Pero sólo a veces te rindes antes de empezar...*

Aprieta mi mano y veo cuando enlaza mis dedos con los suyos. No estamos haciendo nada malo. Pero mi realidad es otra, lo veo por un segundo y sus ojos grises gritan algo que ahora ya no puedo descifrar.

Suelto su mano y veo el camino. Ha llovido un poco y no es mi clima favorito ahora.

—Quiero agradecerte por hacer esto, Ellie.

Yo ni siquiera sé lo que hago.

—Te lo he dicho, todo sea por Zoe.

Veo los alrededores, es una zona muy tranquila, además de cara por sus mansiones alrededor y seguridad máxima, pero hay algo que hace que se me encoja el corazón. El área verde como si fuese un campo. Árboles, flores y mucha grama verde, las montañas a lo lejos es la mejor vista.

¿Él lo recuerda? ¿Ha hecho esto a propósito?

—¿Te gusta?—Pregunta al verme que ni parpadeo por lo que hay ante mis ojos.—Alguien me dijo una vez que le gustaba el campo y su naturaleza y creo que tenía razón, es un buen ambiente para vivir.

—Es... es genial.

Nuestra antigua casa y la que compartí con mis padres era acogedora pero demasiado alejada de la naturaleza y ahora el gran ático de Garrett está muy lejos todavía de mi confort. Y ahora viene Logan y me enseña la casa soñada, el ambiente perfecto en el momento menos indicado donde nuestras vidas están patas arriba. «¿*Qué estás haciéndome, Logan?*»

CAPÍTULO 17

—¿Está rica? —Le pregunto a Zoe, mientras tomamos el almuerzo en el jardín. Logan se fue hace cuatro horas y a juzgar por su cara, estaba un poco nervioso. He intentado de nuevo llamar a Garrett y de nuevo me da al buzón de voz.

Logan intentó darme un recorrido por toda la casa, pero me negué y lo he hecho por mi cuenta. La casa es bastante grande para que viva solamente él con Zoe, pero no es peligrosa, la piscina con cascada está asegurada y cuenta con el personal suficiente para las necesidades de Zoe.

Sin querer he entrado a su despacho y he podido ver que estos últimos dos años ha ganado dos titulares más. Todos sus trofeos y medallas están alineadas en una repisa de cristal y siento mucha emoción por todo lo que ha logrado.

Camino un poco por todo el despacho y llego hasta las fotografías, tengo que poner mi mano en mi boca para aguantar mi llanto por lo que sostengo en mis manos.

Una fotografía mía abrazando su trofeo, el que yo fui testigo de cuando lo ganó. Hay muchas más, en una aparecemos con Dean y Bridget, pero entonces me alejo y veo más arriba.

En todas estoy yo.
Busco con mis ojos lo que quiero y no lo encuentro. No hay fotografías de Azura y me pregunto por qué.
Me asusto cuando escucho que la puerta se abre y veo a Zoe entrar con su muñeca.

—Vamos a jugar, cariño.

La sala principal es todo un paraíso, el sofá es tan grande que podemos estar Zoe y yo acostadas y todavía sobra espacio, mientras estamos viendo los dibujos animados, mis ojos amenazan con cerrarse. Veo a Zoe y se ha quedado dormida en mi pecho, beso su sien y yo también cierro los ojos.

Cierro mi ojos y espero que Logan traiga buenas noticias. Merece tener su pequeña familia en este pequeño paraíso que ha formado.

Me muevo lentamente al sentir frío en todo mi cuerpo. Zoe debe tener frío también.

—¿Cariño, tienes frío? —Susurro.

—No—Responde alguien y me asusto al ver a Logan acostado al lado mío. No estoy en su sala, estoy en su... habitación.

—¡Logan! —grito y se despierta.

¿Me ha traído a su cama y se ha metido conmigo? Lo empujo con todas mis fuerzas hasta que abre los ojos.

—Ellie... —Jadea abrazándome, está dormido.

—¿Dónde está Zoe?—Pregunto y empieza a despertar—Logan, ¿Dónde está Zoe?

Abre los ojos y lleva su mano a su cabeza como si le doliera cuando responde.

—La dejé en su habitación.

—¿Y qué estoy haciendo yo aquí?

—Estaban durmiendo en ese gigantesco sofá y quería que descansaran mejor.
—¿Metiéndome en tu cama?
—No es que antes no haya pasado —Se burla— Vamos, deja de gritar que me duele la cabeza.
Lo sabía.
—Esto no es correcto —Le gruño mientras me levanto de la cama y acomodo bien mi ropa.
Lo veo que ha vuelto a cerrar los ojos y su mano sigue en su cabeza. Realmente se siente mal. Voy hasta mi bolso y busco unas pastillas para el dolor de cabeza que acostumbro a tomar y voy hasta la cocina. Cuando regreso con el agua, paso por la habitación de Zoe y la veo dormir a gusto.
Regreso a la habitación de Logan y sigue en la misma posición.
—Logan.
No se mueve, dejo las pastillas sobre la mesita de noche y me siento en la cama. Veo su pecho subir con normalidad.
Se ha quitado su chaqueta y puedo ver sus músculos que las marca el algodón de su camisa y niego con la cabeza cerrando los ojos por lo que mi cabeza está pensando.
—Logan.
Sigue sin responder. Le quito el brazo de su cabeza y lo coloco al lado de su cuerpo. Su cabello es un poco más claro, su barba es perfecta y lo hace lucir más mayor de lo que realmente es. Mi mano toca su pecho y siento un fuerte dolor en mi pecho al volver a sentirlo. Si tan solo las cosas hubiesen sido distintas quizás ninguno de los dos estuviera sufriendo como lo hacemos ahora.
—¿Por qué, Logan?

Cuando termino de hacer la pregunta, abre los ojos y toma mi mano fuerte, en menos de un segundo estoy tumbada en su pecho, y presionando su cuerpo contra el mío.

—Deja de hacerte tantas preguntas, Ellie— Susurra en mis labios—Todo es muy simple.

—No... no lo es.

—Lo es.

Me incorporo, peleando con su agarre y lo único que logro es que sus ojos grises brillen más y ahora estoy acostada sobre mi espalda y Logan sobre mí.

—Suéltame, Logan.

—Tú me estabas tocando—Me acusa serio—Sólo quiero que estemos a mano.

—Eres un imbécil, suéltame ahora o no respondo.

—Esa boca, Ellie—Advierte lamiendo sus labios—Deja de torturarme.

Me deja en silencio y dejo que lea mi rostro, siento la humedad en mis ojos y no me importa que me vea llorar, no es porque me tiene aferrada y presa en su cuerpo, tampoco es por su amenaza y deseo, es por la realidad de nuestras vidas.

Dejo que mis lágrimas se deslicen y solamente veo que se aclara su garganta. Afloja su agarre y se acuesta a mi lado, llevándome hacia su pecho y frotando mi espalda. Hundo mi cara en su pecho, empapándolo de mis lágrimas y sollozando en silencio.

—Por favor, nena—Suplica—No llores más. No lo soporto.

—Logan... yo...

—Lo sé, Ellie—Me atrae más hacia él como si fuese posible y me abraza—Lo sé.

—Esto es tan difícil... quisiera... quisiera poder arreglarlo, todo para ti, para Zoe, para todos, pero no tengo fuerzas, ya no puedo más.

—Todo va a estar bien—Besa mi cabello—Te lo prometo.

Falsas promesas hacen que me aleje de su cuerpo como si me hubiesen puesto un petardo en el trasero y limpio mi cara, al momento en que quiero decir algo, la puerta se abre y es una Zoe llorando.

—Zoe...

Logan llega antes y la carga en brazos para calmar su llanto. Limpio mi rostro y le sonrío a la pequeña.

—Ya, princesa aquí estoy—La conforta Logan y no hay nada mejor que verlo cuidar a su hija.

—Mami.

Levanto la mirada al momento en que escucho la vocecilla de Zoe llamar a su mami y me quedo en shock cuando veo que extiende sus manos hacia mí. Me veo con Logan y él parece que quisiera llorar porque su hija me ha llamado mami.

—No... princesa...Ella es...

—No—Lo corto y me pongo de pie—Está bien.

Zoe extiende más sus brazos y la tomo, Logan no dice nada y sale de la habitación. Me quedo con Zoe hasta que se ha calmado y ahora pide por comida cuando escucho que su pequeño estomago gruñe, eso la hace reír y salgo con ella de la habitación.

Mientras Zoe juega, voy en busca de Logan y escucho que está hablando por teléfono y a juzgar por su tono no es una llamada de cortesía.

—No puedo creerlo... está bien... no... estoy con mi hija ahora... para eso te pago, para que mantengas a la prensa lejos... espero verte pronto... de acuerdo.

Camino hasta llegar a su despacho y lo veo de espaldas —¿Logan?

Se da la vuelta y a grandes pasos llega a mí, parece frustrado, pero cuando cierra la puerta detrás de mí y me estrella contra ella, jadeo al mismo momento en que corta mi respiración cuando me toma la cara y hace que lo vea.

Está respirando con dificultad y se está conteniendo de cometer una de sus locuras anteriormente nombradas.

—¿Por qué... por qué no... ¡Joder!

—Logan...

—¡No! —Casi grita— ¿Por qué eres... eres tan jodidamente perfecta?

Oh, Logan.

—No soy perfecta, Logan.

—Lo eres —No aparta su mirada de mí —Hasta mi hija ha empezado... yo... ¡Mierda!... yo.

—Tranquilo —Toco su rostro y cierra sus ojos— Sólo tranquilízate.

—¿Tranquilizarme? —Gruñe— Mi hija acaba de llamarte mamá y tú lo único que haces es... confortarla... amarla y cuidar de ella. No me puedo tranquilizar, Ellie. ¡Mi hija te ha llamado mami y tú lo has permitido!

Esta vez dejo que me grite porque sé que no está enfadado conmigo, está abrumado porque he permitido que su hija me llamase de esa manera tan lejana a lo que soy en realidad.

—No quiero que crezca confundida, Logan —Le explico tomando su rostro para que sea él quien me vea ahora —Ella piensa que soy su madre, por alguna razón es extraño que a su abuela no la llame de esa forma y no la culpo, es una perra.

Apenas hago que haga una mueca en vez de reírse.

—Si ella cree eso es normal, perdió a su madre— Logan cierra los ojos y asiente— Algo me dice que nunca le han hablado de ella ¿Cierto?

—Zoila dijo que...

—Deja de justificarte comenzando con eso de «Zoila *dijo*».

Ella perdió a su hija y se entiende su dolor, pero ha mantenido a Zoe en una burbuja muy peligrosa, ha estado a punto de enfermarla porque la niña no reacciona como ella quiere y cree que se debe a algún problema mental, es absurdo. Ya es momento de que sepas que lo único que necesita Zoe es a su padre, su familia.

No dice nada y ha captado el mensaje. Ahora empieza a sonreírme.

—Has dejado que mi hija te llamara mami.

—Ella ya ha sufrido bastante ¿No crees?

—Gracias— Al momento de decir eso se acerca a mí hasta rozar sus labios a los míos— Yo también necesito que alguien cuide de mí.

Eso me hace reír y le pego en las costillas haciendo que él también ría y se aparte de mí. Salimos del despacho y cocino un poco para ellos, ya que el señor Loewen le ha dado la noche libre a la señora Bay quien cocina para ellos y ha pedido que cocine algo para él, el famosos pollo que solía prepararle cuando vivía con mis padres.

—A Zoe parece que también le gusta tu comida ¿Verdad, Zoe?

Zoe asiente y yo sonrío— Tal para cual.

Al momento en que terminamos de cenar, le dije a Logan que necesitaba ir a casa, quería llamar a Garrett y no me iba a detener hasta que respondiera, esto se estaba saliendo de control.

Zoe va en el asiento trasero jugando y Logan conduce en silencio. Me pregunto de quién fue esa llamada, pero no es asunto mío. Parecía enfadado pero al mismo tiempo su tono era casi familiar como si se tratara de alguien que conoce por años.

Llegamos al apartamento y los tres subimos, según Logan Zoe quiere dejarme en la puerta de mi apartamento y no discuto, ella misma se ha quitado el cinturón de seguridad de su asiento para bajarse del coche y se veía tan adorable.

Al momento de poner la llave y abrir alguien más abre la puerta.

Garrett.

CAPÍTULO 18

Me he quedado sin palabras, Logan toma a Zoe en sus brazos para protegerla de lo que Garrett pueda hacer, pero me sorprendo cuando le tiende la mano.

—Garrett Wade, algo me dice que ya sabes quién soy —Se presenta— Ésta debe ser Zoe ¿Cierto?

Yo no digo nada, en cambio Logan, toma su mano y asiente— Logan Loewen, y sí, Zoe es mi hija.

—Cariño, te he echado de menos —Garrett me da un beso en los labios y Logan tensa su mandíbula.

—Eh… hola, Garrett, no me dijiste que estabas en casa.

—Quería sorprenderte —Sigue sonriéndome ¿Por qué está sonriéndome? Definitivamente está fingiendo y conteniéndose de hacer una escena delante de Zoe.

—Buenas noches, Ellie —Logan se despide— Y gracias por todo.

—Buenas noches —Es lo único que puedo decir. Lo veo cuando se va por el pasillo y desaparece por el ascensor. Garrett carraspea su garganta y sigue sonriéndome, pero sus ojos dicen otra cosa.

Entro al apartamento y dejo mi bolso sobre la mesa, veo las maletas de Garrett y eso quiere decir que acaba de llegar. Si él no está enfadado yo sí.

—¿Qué sucede, cariño?

—Deja de fingir—Mascullo cruzando mis brazos— ¿Qué sucede contigo?
—He venido antes.
—No has respondido a mis llamadas.
—Ah, eso—Dice tan flojo como una pluma en el aire—Estaba enfadado contigo.
—¿Y ahora?

Eso hace que me vea y por fin ha dejado de sonreír, reflejando más lo que sus ojos quieren decir realmente.

—Ahora no sé si matarlo a él o matarme yo por lo que acabo de ver—Sus palabras me hacen retroceder— Parecían una jodida familia y si no hubiese sido por esa niña que llevaba en brazos, te juro por lo más sagrado que lo mato... delante de ti.

—Garrett...

—No—Se acerca y ya no tengo escapatoria para retroceder porque estoy con la espalda pegada a la puerta—No te atrevas a mentirme en mi cara, Danielle.

Me ve de pies a cabeza con asco y hace la pregunta equivocada:

—¿De dónde vienen?
—¿Eso es lo que crees?—Respondo ofendida— ¿Crees que vengo de acostarme con él?

Sus ojos están inyectados de furia y se está conteniendo demasiado.

Nunca lo he visto molesto y ahora le temo por primera vez.

—Déjame planteártelo de esta manera—Señala y continúa—He estado fuera por una semana, en una viaje donde mi novia iba a venir conmigo, pero que decidió quedarse para atender a una paciente, cuya hija es nada más y nada menos que de su jodido ex novio.

Y eso no es todo—Ahora ha empezado a elevar el tono de su voz—Vengo a casa antes para poder arreglar las cosas y disculparme por mi reacción y me encuentro con esto en la puerta de mi propia casa, una escena muy... conmovedora y sospechosa... tú dime, Danielle. ¿Debo estar molesto?

—Puedo explicarlo, Garrett. He tratado de llamarte todos estos días para explicártelo. Pero tú no has cogido el teléfono, sé que debí decírtelo, pero todo esto para mí es tan... confuso.

—¿Confuso?—Ahora sí quiere matarme con la mirada—¿Me estás diciendo que tu ex te confunde? ¿Sobre qué?—Se acerca de nuevo a mí—¿Sobre nosotros? ¿Sobre lo que sientes por mí?... ¿O sobre lo que sientes por él?

Oh, demonios. Esto es demasiado... es... es ¡Una mierda!

—Logan se fue porque tenía una hija—Confieso—Se fue a recuperarla.

—Se fue porque es un hijo de puta cobarde, no vengas a querer justificarlo, y aunque así fuese ¿Piensas seguir atendiendo a su hija?

—Garrett, no me hagas esto. Sabes que quiero a Zoe desde antes de saber que él era su padre.

—Pero ahora lo sabes, y esta situación está poniendo en peligro nuestra relación.

No sé si tenga razón, pero en estos momentos no puedo pensar con claridad. Garrett no se merece esto, pero tampoco puedo hacerme a un lado, Logan necesita mi ayuda.

—Logan necesita mi ayuda, quieren quitarle a su hija.

—Eso no es tu problema ni el mío.

—¿Cómo puedes ser tan frío?

—¡Porque eres mi novia!—Pone sus manos en mis brazos y me sacude desesperadamente—¡Porque no puedo soportar verte cerca de él!

—Garrett, Suéltame. Me estás lastimando.

—¿Soy yo el que te lastima?

—Continúa su agarre—¿Estás segura que fui yo el que intentó violarte? ¿El hijo de puta drogadicto que te golpeó? ¿O el amor de tu vida que te abandonó a base de mentiras?

No puedo más y sollozo. Éste no es Garrett, no me hace daño como ya me lo han hecho en el pasado y estoy segura que no se compara con lo que le hice sentir cuando me miró al lado de Logan y su hija.

Aire.

Me falta el aire al sentir la película de mi vida reproducirse una vez más y las rodillas me fallan, Garrett me toma de la cintura y evita que caiga al suelo. Sus palabras, la situación y mi pasado están acabando conmigo.

—Cariño.

Garrett me sostiene y me lleva en brazos hasta la habitación, me mete bajo las sábanas y me hago un ovillo echándome a llorar por la clase de persona que soy. Ahora yo soy la que lastima a otros y no soy una víctima más.

—Perdóname—Me abraza por detrás—Yo no quería hablarte de esa manera, lo siento, por favor, Ellie.

No puedo más. Me olvido de todo por un momento y mejor cierro mis ojos que de pronto se han vuelto cansados.

…

Cuando desperté esta mañana, sentí que era otra persona, y lo primero que quise hacer fue decirle a Garrett que lo amaba. Quedó tan sorprendido y hasta más que yo y lo único que pudimos hacer fue hacer el amor de una manera diferente, por más que le dijera que lo quería y que lo amaba, lo sentí muy lejos de mi mente aunque estaba conectado a mi cuerpo.

Cada una de sus embestidas eran fuertes, sin amor, solamente cerraba sus ojos y saciaba su deseo. No me miraba a los ojos, tampoco me decía que me quería a pesar de que yo se lo dije en más de una ocasión y posición.

No fue hasta que le pedí que abriera sus ojos, pero en lugar de ello lo que hizo fue darme la vuelta y exigirme que me corriera gritando su nombre.

Fue diferente, colosal, pero tan lejos de lo que él es conmigo.

Beso su pecho mientras está viendo hacia el techo y no ha dicho nada.

—¿Cómo salió todo en Nueva York?
Suspira—Perfecto.
—¿Tú y yo estamos bien?

Se levanta de la cama sin responder a mi pregunta.—Debo ir a la galería, te veré en la noche.

Se mete al baño y tira la puerta detrás de él. No sé qué le pasa, le he dicho que lo amo, siento que lo amo y no quiero pensar que he dicho lo que no debía decir como una maldita cobarde ahora para que estemos bien.

Abro los ojos nuevamente y me doy cuenta que Garrett no está, me he quedado dormida sin darme cuenta y maldigo para mis adentros cuando veo el reloj. Es tardísimo y tengo que estar en el centro médico en veinte minutos.

Lo bueno de la tarde fue que le he dado el alta a dos pacientes que han mejorado y ya no necesitan la terapia como antes, ahora solamente les vería una vez al mes, por si acaso.

Mientras estoy en casa de mi hermano, le ayudo a Bridget con mi sobrino mientras salimos de compras, su aniversario es mañana es la noche.

Por lo que van a celebrarlo en familia y por supuesto, estoy nerviosa porque no solamente mi novio me acompañará también estará Logan.

—¿Estás bien? —Pregunta Bridget— Has estado un poco distraída.

Por una loca razón he decidido no cargar a mi cuñada con mis problemas, es su aniversario, me pregunto si algún día tendré uno igual. Ni siquiera cuando cumplí un año con Garrett lo celebré, ni siquiera lo recordé, hasta que vi a Garrett que traía consigo un ramo de rosas, doce para ser más exacta.

Nunca olvidaré su rostro de alegría y él mío de sorpresa. Fue cuando me di cuenta que era momento de dar el siguiente paso y ahora estamos de nuevo en la nada.

Fuimos al centro comercial, a las mejores tiendas de vestidos, ya la prensa tenía una columna con el aniversario del señor Roth de Roth Architects. A mí me habían dejado de molestar después de mi accidente, pero a pesar de ello seguía siendo llamada la chica de Magic Loewen.

Cuando terminamos nuestra compra y me despedí de Bridget, fui directamente a la galería de Garrett, necesitaba hablar con él sobre su comportamiento conmigo, anoche me pidió perdón por haber discutido y luego esta mañana se convirtió en el hombre indiferente que jamás pensé que fuese.

Entro a la galería y lo veo que está hablando con un par de personas, mientras él espera, yo recibo una llamada de un número privado y decido mejor no responder, debe ser el mismo que ha estado enviando esos mensajes amenazantes y llenos de odio, ahora lo que menos necesito es eso.

Cuando los últimos clientes salen de la galería, Garrett viene hacia mí con una sonrisa a medias.

—Hola.—Saluda, besando mi sien.
—Hola.
—¿Nos vamos?—Empieza a apagar la lámpara cerca del vestíbulo.
—De hecho, quiero quedarme un rato.
—¿Sucede algo?—Pregunta a lo lejos, apagando las siguientes lámparas. Está empezando a desesperarme su indiferencia.
—Dímelo tú, has estado actuando extraño desde que te dije que te amaba.

Eso hace que se detenga y deja la última lámpara encendida para regresar a mí.

Sigo de pie y apoyada en el mostrador. Garrett me ve y no dice nada, de nuevo está esa mirada extraña en su rostro.

—No estoy de ninguna manera más que asustado, Ellie.
—¿Por qué?

—Porque tengo miedo de que yo te haya arrojado a algo que no eres… una persona que finge lo que siente por miedo… ¿Tú… tú me tienes miedo?

Me quedo absorta de su pregunta, ¿En verdad cree eso? Estoy muy lejos de temerle como alguna vez le temí a un hombre, el temor que siento por él es sobre otra cosa.

—Estoy cansada de que me hagan esa pregunta, Garrett.

—Responde.

—No te tengo miedo—Le contesto sin vacilar.— No eres capaz de hacerme daño, pero no sé hasta dónde puedo arrastrarte cuando arruino las cosas.

Te dije que te amaba, es lo que siento, estoy contigo, la situación entre Logan y yo es diferente ahora y te agradecería mucho si dejaras que te lo explicara y haré lo que tú quieras, si quieres que deje de verlo, lo haré, pero hay una niña de por medio que necesita mi ayuda, no se trata del pasado de Logan, es una niña que necesita a su padre y no lo tiene.

Ha bajado la guardia y parece que se ha calmado y confiado en mis palabras. Nos dirigimos a casa, allá vamos a hablar.

Cuando llegamos, nos olvidamos hasta de encender las luces, nos hemos quedado sentados en la oscuridad y le he dicho todo, voy a decirle también que Logan y yo nos besamos.

No más mentiras.

Garrett ha entendido, se ha puesto en el lugar como hijo y me ha dicho que también estaría asustado si alguien lo hubiese llegado a separar de su único padre. Por supuesto que lo entiende, sus padres y él no son unidos y sabía que entre todas las personas en el mundo, él es una de las que puede entender y saber lo que es necesitar a un padre y madre y no tenerlos.

—Es por eso que estuve con ellos ayer, en realidad estuve más con Zoe y Logan con su abogado.

—¿Ha pasado algo más?

Oh, mierda.

Pensé que sería fácil decírselo, pero ahora mismo me veo temblando de su reacción, íbamos tan bien que pensé que sería fácil, pero entre más lo escondo se hace más difícil.

—Él y yo... bueno... él... yo.

Toma mi mano y la besa. ¿Por qué tiene que ser tan perfecto? —Respira, cariño.

—Él y yo... nos besamos—Cierra sus ojos y asiente—Estaba tan enojada, abrumada, lo golpee, le grité y él sólo... me besó... nos besamos.

—Bonito reencuentro—Su sarcasmo no ayuda. No ha soltado mis manos pero sí ha apretado su agarre en ellas.

—No pasó nada más, te lo juro.

—Te creo.

Me ve a los ojos y me sonríe abatido.—¿Qué sentiste?

—Oh, Garrett. No vayas ahí—Le suplico.

—Tengo todo el derecho de saberlo, fue a mi novia, a mi mujer que besó. No me digas que no vaya ahí cuando eres tú quien la ha cagado.

Jamás me había hablado de esa manera tan autoritaria, pero es porque nunca le había fallado de esa manera tan cruel.

Otro en su lugar estallaría a gritos y tiraría todo a su paso, pero Garrett no y mi mente me traiciona en que Logan tampoco.

Aquí estoy, dañando a los dos hombres que me juran amor.

Uno se llevó mi corazón desde que lo conocí y lo hizo mil pedazos, y este hombre delante de mí ha tomado cada pedazo, él mismo lo ha dicho.

Ha empezado a cortarse con cada uno de ellos. Y sigue aquí.

—Sentí que me moría—Siento la primer lágrima caer—No puedo ocultarte ni mentirte en que no recordé nuestro pasado y llegué hasta ahí, tú más que nadie conoce esa versión de mi vida... pero no eras tú, no voy a hacerte daño de esa manera, Garrett, no puedo hacerte eso, no a ti.

—Cariño—Me abraza y besa mis labios rojos e hinchados por morderlos de tanto reprimir mis palabras y la verdad.—Te mentiría si te digo que no quiero matarlo ahora más que nunca, pero nada de lo que haga puede borrar el pasado.

—Te quiero—susurro—Te amo, en verdad lo hago.

—Lo sé.

Después de esa noche, Garrett apenas y me tocaba y hablaba, ahora parece haberle dicho la verdad era lo que iba a llevar a que lo terminara de alejar. Si tan solo pudiera retroceder el tiempo, haber hecho las preguntas adecuadas a Logan, y no haber respetado demasiado su silencio, nada de eso estuviese pasando.

Quizás hubiese sido mejor no haber bailado con Garrett aquella noche para darle celos a Logan y fastidiar a mi hermano. Si no se hubiese mostrado como el caballero que es, a lo mejor aquel viaje a Londres donde lo encontré no hubiese sido una bonita sorpresa, donde me invitó a un café y me preguntó si no estaba con los dos perros guardianes de aquella noche.

Si tan sólo no hubiese insistido él en invitarme a salir, en hacerme reír en tomar mis pedazos.

Quizás meses antes en ese accidente yo habría muerto, y todos ahora seguirían sus vidas donde Danielle Roth es un recuerdo más. Me reencontraría con mis padres y veríamos la vida que dejamos aquí abajo.

Pero no. Mis padres no me enseñaron a vivir con los *"ojalá"* los *"Y si hubiesen"* o *"si tan sólo"*. Mis padres me enseñaron que fuera por ello, que luchara pero que no intentara reparar lo irreparable, que no todo es un objeto o algo que se pueda reemplazar con una pieza movible para nuestro bienestar.

Mis padres me enseñaron que tengo que ser fuerte, que la vida no solamente es color rosa, hay miles de colores, infinitos para elegir uno cada día, ningún día debe ser igual al anterior, tampoco peor, solamente diferente. La diferencia marca mucho, te ayuda a ir hacia adelante y comprender en que cada día puedes ser tú misma y también alguien nuevo, pero no para ti solamente, sino para los que están a tu alrededor.

Si mis padres estuvieran aquí sería reprendida como nunca lo fui, se decepcionarían porque he fallado. Soy una doctora respetaba gracias a su legado y sus valores que se nos fue inculcado a mi hermano y a mí, pero también soy ser humana que nunca deja de perder.

Y ya no quiero perder.

—¿Cómo me veo?—Le pregunto a mi novio, dando media vuelta delante de él, mi vestido es ceñido y un poco corto, quería algo diferente esta vez y además, mi cuñada dijo que quería verme sexy esta noche, espero que no haya exagerado.
—Es muy corto.
—Lo sé, pero ¿Te gusta?
—Me encanta, cariño.

Le sonrío agradecida, me ha llamado cariño después de nuestra pelea, veo su lenguaje corporal y está un poco nervioso y sé a qué se debe. Sabe que es probable que Logan va a estar presente, solamente espero que Logan sea inteligente y no vaya, aunque no es justo para Dean, es su mejor amigo. Me estoy volviendo loca, de una u otra forma siempre alguien tiene que ser perjudicado y me temo que esta noche seré yo.

CAPÍTULO 19

Hemos llegado al restaurante que Dean ha reservado. Es un salón bastante grande, que lo han llenado por completo la familia de Bridget y algunos colegas de Dean. Las lámparas de araña y el cristal cortado ilumina la mesa, creando un ambiente romántico y con estilo.

He saludado un par de amigos que trabajan en nuestra empresa y que me conocen, también a uno de ellos ya le conocía en el centro cuando uno de sus hijos era mi paciente.

Garrett no suelta mi mano y ha empezado a comportarse de una manera posesiva nivel: ¡Ya basta! Pero no he dicho nada, ya que no quiero hacer una escena, y todo se debe a que Logan ha venido, no solo, y no precisamente con su hija.

—Iré al tocador —Le aviso a Garrett que enseguida ha empezado a hablar con uno de los socios de Dean. A regañadientes asiente y yo ya puedo sentir la sangre correr por mi mano.

No presto atención a mi alrededor, ya los fotógrafos han empezado a hacer su repertorio de fotos y mejor me escondo, mi cara no es la mejor en estos momentos.

Cuando entro al tocador, voy al lavabo y veo mi rostro, mi largo cabello hoy está tan triste como yo, me he maquillado un poco nada más para disimular mis ojeras y mis labios están perdiendo su color de tanto lamerlos y morderlos.

Saco mi labial de mi pequeño bolso y empiezo a maquillarme, la cena se servirá dentro de poco pero aun así lo hago cuando escucho que la puerta se abre.

Es la mujer con la que vino Logan, me ve y parece que me reconociera cuando me ve a través del espejo y me sonríe, hago más una mueca que corresponderle la sonrisa y sigo pintando mis labios.

—Es un labial muy hermoso—Me dice al momento en que dejo de aplicarlo—¿Puedo?

Me encojo de hombros y se lo entrego, ella lo toma y se lo aplica volviéndome a sonreír, ¿Soy yo o ella sonríe demasiado?

—Creo que este color le gustará a Logan ¿Tú qué crees?

Tomo el labial cuando me lo entrega y lo aprieto en mi mano al momento en que termina de hacer la pregunta. Supongo que Logan Loewen sigue siendo un maldito jugador y no tiene que importarme.

—Supongo que en lo último en que se fija un hombre es en el color del labial de una mujer y más cuando usas un vestido tan hermoso como el tuyo.

Ni yo misma me la creo pero no voy a seguirle el juego.

—Supongo que sí—Vuelve a sonreírme—Soy Tasia Gray.

—¿La modelo?

—Sí—Responde no tan humilde.

—Soy... Danielle Roth.

—El placer es todo mío—Me tiende la mano y desconfiada se la estrecho. Cuando estoy por salir por la puerta escucho su voz y sé que esa falsa presentación era para eso.

—Sé quién eres—Dice desde el lavabo, yo sigo sin girarme—He visto cómo lo ves y te ve, es una pena que hayan terminado mal. Aunque eso me favorece, esta noche no me importará que me folle gritando tu nombre.

Lo último hace que me gire y la enfrente, puedo soportar la basura de mi pasado, pero no permitiré que venga una desconocida a querer humillarme en mi propia desgracia.

—Y yo sé la clase de mujer que eres tú—La veo de pies a cabeza—Ya he conocido a las de tu clase y déjame decirte que no me sorprende que quieras marcar territorio, pero estás perdiendo el tiempo.

Lo único que vas a causarle es lástima al ver que no te importa que vea mi rostro en ti y esté tan ebrio que vaya follándote en el camino hasta su casa, pero te equivocaste en algo, y es que a mí nunca me folló, a mí me hizo el amor cuantas veces te puedas imaginar y si no ha dejado de verme es porque ni toda la belleza que puedas tener va a opacar el recuerdo que tiene de mí. Pero adelante—Le pongo mi labial sobre el mostrador y ella lo ve—Creo que vas a necesitar más color después de todo.

Salgo tragando grandes bocanadas de aire y no me permito llorar. He ganado, por primera vez he ganado mi pelea de alguien que quiera humillarme por un hombre. Veo a Garrett que se ha sentado y voy con él. La mesa es la más grande de todas y se debe a que sólo familiares cercanos compartirán con Dean y Bridget.

Respiro hondo cuando Dean y Bridget se sientan a nuestro lado, pero maldigo mil veces cuando veo que Logan hace lo mismo frente a mí y su acompañante, cuya mirada de derrota no puede con ella.

Cuando pienso que mi noche no puede ser mejor, veo a lo lejos que Brenda ha llegado en compañía de Bastian, parece que discuten y Brenda finge su sonrisa cuando se acerca a saludar.

Me tenso, tomando la mano de Garrett y tanto él como Logan quieren arrancar la cabeza de Bastian que se ha acercado también.

—Nos sentaremos por allá—Dice Brenda al ver la tensión en el aire.

La sigo con la mirada y parece infeliz, cosa que me puedo imaginar si está casada con alguien como Bastian. Éste le susurra algo en el oído y veo cuando ella aclara su garganta y niega con la cabeza. ¿La maltratará a ella también? Me da pena, pero cada quien decide su camino y recibe lo que se merece.

Han servido por fin la cena y apenas he tocado mi comida, luego pasaremos a otro salón donde solamente habrán mesas de coctel y será un infierno para mí, porque lo que menos quiero es ir por ahí y charlando de cosas que no me apetecen.

Logan no quita su mirada de mí, Garrett no deja de acariciar mi hombro y besar mi cabello, mi cuello, y sonreírme y diciéndome lo hermosa que me veo. ¿Qué sucede con él?

—Basta, Garrett. Has bebido mucho—Le reprendo cuando hemos pasado al otro salón y ha empezado a beber una copa tras otra.

—Es una celebración, cariño.

—Sí, pero…

—Buenas noches—Esa voz delante de mí, hace que deje de hablar. Logan se ha acercado solo y me pregunto dónde dejó a su modelo que no ha dejado de colgar de su brazo.

—Buenas noches—Responde Garrett tomándome de la cintura y acercándome a él.—¿Has venido por otro beso de mi novia?

—Garrett—Lo reprendo—Por favor, aquí no.

Logan no quita la mirada de mí, ni siquiera le importa que Garrett esté provocándolo.

Su mirada baja hacia la mano de mi novio que ha quedado más en mi cadera que en mi cintura y tensa su mandíbula.

—Si quisiera lo besos de Ellie voy y se los doy, no necesito tu jodido permiso—Le escupe Logan y yo abro los ojos como platos.

—¿Qué has dicho?—Lo reta Garrett acercándose más a él.

—Basta—Susurro y veo a mi alrededor, Dean está lejos para ayudarme a controlar la situación.—Basta, por favor.

—Aléjate de nosotros o mejor, de mi novia, Loewen, si no quieres tener problemas conmigo, no me importa quién eres ni quién fuiste para ella. Ahora está conmigo, como siempre debió ser. Es momento de que lo superes.

Eso me duele hasta mí y Logan vuelve a verme.

—Ella nunca estará lejos de mí—Vuelve su mirada a él—Supera tú eso.

—Sobre mi cadáver, Loewen.

—Acepto el reto.

—¡Basta! —Casi grito y llamo la atención de algunas personas que están cerca de nosotros. —Estoy aquí, par de idiotas. No arruinen la noche de mi hermano, porque no será un cadáver el que deje aquí, serán dos.

Ambos guardan silencio y Garrett vuelve a tomarme la cintura, no quiero su contacto ni la mirada de Logan en estos momentos, por lo que lo hago a un lado y lo dejo junto a mi ex novio y me voy sin decirles nada.

Llego hasta el jardín del hotel y me pierdo viendo la luz de la luna reflejada en el agua. No sé qué diablos esté pasando ahí dentro, si ya se mataron o no.

No necesito esto y me doy cuenta que he empezado a darme mi lugar para ambos hombres que formaron y forman parte de mi vida en estos momentos.

—Eso fue muy cruel de tu parte, chiquita.

Bastian me sorprende cuando lo veo que enciende un cigarro y da la primera calada.

—Dejar que dos hombres se maten por ti, eres una maldita celebridad.

Definitivamente está ebrio. —Vete a hacerles compañía si quieres, pero déjame en paz, Bastian.

—¿O qué? —Reta— ¿Qué vas a hacer?

Lo veo confundida —Estás ebrio, vete de aquí.

Deja caer su cigarrillo al suelo y lo apaga con la punta de su zapato, en menos de dos segundos se acerca a mí para enfrentarme ahora él.

—Te he estado observando —Sus ojos se clavan en mi escote y piernas— Cada día estás más caliente, chiquita.

—Bastian...

Me pone la mano en la boca, evitando que grite, me aprieta contra su cuerpo y yo empiezo a forcejear.

—Eres la número uno—Jadea restregándose a mí—¿No lo ves? Eres la número uno, chiquita, siempre lo has sido.

Grito en su mano y eso hace que se ría, intento con todas mis fuerzas zafarme de él hasta que lo consigo, mis manos van a dar a su pecho y lo empujo.

—¡No vuelvas a ponerme una mano encima, maldito!

Se ríe—Deja de hablarme así.

Tú sabes lo que pasa cuando me hablas de esa manera.

Las imágenes de mi pasado regresan a mi cabeza, las veces en que me maltrató y golpeó. Todas fueron por lo mismo. No era solamente porque su mente estaba jodida debido a las drogas, era porque es un maldito cobarde que le gusta maltratar a las mujeres.

—Vete a la mierda—Le gruño y se lanza sobre mí, me besa como un animal y cierro mi boca.

Ya no sé si hay personas a nuestro alrededor, lo único que sé es que he vuelto a ser la misma chica ingenua y permisiva de antes, la víctima que le tenía miedo a su novio y era maltratada por él.

Empiezo a llorar recordando esas imágenes y lo golpeo con todas mis fuerzas que hasta él mismo se asusta.

—¡Te odio!—Le grito golpeándolo—¡Te odio! ¡Suéltame! ¡Me das asco!

Mi minuto de fuerza se convierte en miedo y empiezo a llorar y temblar cubriendo mi cara. Bastian se ríe y sus manos vagan por todo mi cuerpo, me he dado cuenta que hemos llegado a un par de sofás que están cerca de la piscina y él ha caído sobre mí. Cierro mis ojos cuando el aire empieza a faltarme y Bastian sale disparado de mí.

—¡Hijo de puta!—La voz de mi hermano suena en eco y no dejo de llorar.

Ya la gente ha empezado a alarmarse y apenas veo a Brenda a lo lejos llorando de lo que ve y sale corriendo lejos de lo que está pasando.

Típico.

Varios hombres apartan a Dean de Bastian para que deje de golpearlo.

Veo que Garrett y Logan salen corriendo en mi rescate y yo también lo hago, pero me sorprendo cuando no me estrello en los brazos de mi novio, sino en los de mi ex.

Lloro en su pecho y Logan me abraza y calma mi llanto, es como un bálsamo en todo mi ser, al momento de abrir mis ojos veo a Garrett con el corazón destrozado y me suelto enseguida de Logan para buscar su refugio y no me lo niega. Me abraza y siento su cuerpo tenso que parece que mi abrazo lo lastimara.

—Sácame de aquí, por favor.—Logro decirle.

Él no se molesta en despedirse.—Espera—Bridget nos detiene y besa mi mejilla—Lo siento, cariño. Te llamaré.

Asiento como puedo y mi novio me saca de ahí lo antes posible. No he parado de llorar y lo más extraño es que Garrett no parece importarle o quizás sí, ni yo misma lo sé. En menos de lo que puedo asimilar hemos llegado al edificio.

Baja del auto tirando la puerta y se dirige al ascensor ignorando el saludo del conserje que me ve con lástima cuando intento limpiar mi rostro que debe de ser un asco. Toda yo.

Entro al elevador y Garrett se despoja de su chaqueta, sigue sin verme hasta que se abren las puertas y algo de mí se queda dentro del elevador cuando vuelven a cerrarse las puertas.

Abre la puerta de nuestro apartamento y enciende las luces. Se deja caer en el sillón y agacha la cabeza.

En cambio yo me quito los zapatos y me dejo caer en el suelo, cerca de la puerta y mi trasero tocando el frío piso.

Han pasado ya cuarenta minutos. Me he dado cuenta porque hay un reloj sobre la cocina y es el único que se escucha. He dejado de llorar y Garrett no deja de ver cada movimiento que hago.

—Garrett.

No parpadea, no dice nada. Su bello rostro es como el de un robot en estos momentos, no puedo leerle, en cambio él sí lo ha estado haciendo.

—¿Sabes por qué no he dejado de beber esta noche? —Estoy segura que esa es una pregunta retórica así que solamente subo mis rodillas a mi pecho— Porque quería ver borroso, de cómo mi novia no dejaba de ver a su ex novio y él a ella. Quería escuchar susurros en vez de respiraciones cortadas cada vez que él hablaba con su acompañante delante de ti.

Trago una bola de aire y el corazón se me desboca al sentir el dolor en sus palabras. Yo no soy eso que dice él, yo lo quiero a él.

—Sentí mi mundo detenerse cuando te vi en el peligro esta noche— Ambos quitamos nuestras miradas y recordamos lo que pasó esta noche— Pero no sé qué fue lo que sentí cuando te refugiaste en sus brazos y no en los míos, ni siquiera lo tuviste que pensar mucho para hacerlo. Parecía algo tan normal en ti, fue tu corazón quien saltó en sus brazos y yo era un simple idiota que estaba esperando su turno.

—Garrett, no...

—¿Me amas? —Pregunta dejándome en silencio. Me levanto del suelo y voy hasta él. Me siento frente a él siempre en el suelo pero ahora puedo ver su rostro y quiero que él vea el mío y me crea lo que mis labios van a decirle por enésima vez.

—Sí.

—¿Me creerías si te digo que no te creo? —se ríe para sí— Pero que si eso es cierto, yo te amo más y por eso...

—¿Qué?

—Por eso tengo que dejarte ir —Su ronca voz me retumba en el pecho y cabeza que apenas puedo respirar— Te amo, Ellie. Y porque te amo... te tengo que dejar ir.

—¿Por qué?—Sollozo.
—Porque me cansé de luchar, de esperar, y de recibir tus pedazos rotos e intentar de unirlos.
—No, Garrett. Yo te amo, lo intento. No… sólo…
—Me amas, pero no como quiero y es hasta ahí donde puedes hacerlo, pero yo quiero más. quiero tu esencia, tus sueños, tu felicidad, solamente me ha tocado el miedo, la vergüenza, las pesadillas, los te quiero, y ser tu jodido ángel guardián.

Lo último hace que me levante del suelo y ponga la mano en mi pecho. ¿Está hablando en serio?

Garrett… ¿Garrett me está dejando?

—No lo hagas—Sollozo—No me dejes tú también.

Se acerca y doy un paso atrás, no quiero que me toque, no quiero que sienta lástima por mí, pero es estúpido, estoy llorándole para que no me deje. Entonces me doy cuenta de una terrible realidad. No amo realmente a Garrett solamente me he aferrado a él para no estar sola y pudriéndome en mi desgracia y soledad.

—Yo nunca te he dejado y nunca te dejaré—Suspira—Cuando estuve en Nueva York… yo… yo me sentí diferente.

—¿Diferente cómo?

—Libre.

Oh, Dios.

—Siempre intenté que viajaras conmigo, fue así como nos conocimos y tú siempre has estado obsesionada o más bien entregada a tu carrera y lo respeté.—Lo escucho y parece otro—Cuando pensé que realmente irías conmigo a Nueva York, de nuevo tu trabajo estaba primero que mí.

Lo entendí, y lo entiendo. Pero ¿Qué hay de mí? ¿Qué hay con lo que yo quiero? Este año que llevamos de relación nunca has hecho nada por mí, solamente vivir conmigo, pero desde que estás aquí aunque he sido feliz a tu lado he visto la miseria en tus ojos y me doy cuenta que no es lo que quieres. ¿Qué pasa si te digo que demos el paso que sigue? Como casarnos o tener hijos. ¿Qué me dirías, Ellie?

Me quiebro por dentro y me llevo las manos a la cabeza negando—No… no lo sé. Te pediría…

—¿Tiempo?—Me interrumpe—Tiempo para qué, ¿Para que olvides a tu ex de una jodida vez por todas? No, Ellie. Yo también merezco un poco de ti, te lo he dicho. En Nueva York me sentí terrible sin ti en cuanto pisé la galería, pero cuando nos peleamos y rechacé cada una de tus llamadas, me sentí libre… y feliz. Es lo que siempre he querido, viajar y lo sabes, no voy a arrastrarte conmigo, sé que si fuera un hijo de puta egoísta te pediría que vinieras conmigo de ahora en adelante y quizás accederías o quizás no, pero no es eso lo que quiero, no quiero a la Ellie que actúa por complacer a los demás. Quiero a la Ellie que esta noche no le importó ponerme en mi lugar y que por primera vez escuchó su corazón, lo que no sabía era que me iba a doler como el demonio cuando lo hicieras porque no iba a ser hacia mí que corrieras.

—Para—Susurro dejando caer más lágrimas de nuevo—Sólo, detente.

—Te amo, Danielle Roth—Su voz pesada hace que lo vea y veo a un hombre con el corazón roto gracias a mí—Pero no sabes cuánto lamento haberme enamorado de aquella chica que conocí en el club y que era libre, feliz, risueña y testaruda. Solamente me bastó una canción para darme cuenta de ello… luego el mundo me dio un puñal en el corazón cuando te volví a ver. Ya no eras la misma y pensé que quizás te traería de vuelta, pero no. Ahora soy yo el que no es el mismo, el que no quiere las mismas cosas pero el que jamás te engañará y huirá, ése no soy yo, éste soy yo—Extiende sus brazos—El que te dice que no quiere amarte más y te deja ir para que…

—¡No!—Le grito—No digas que iré tras él. ¡No digas que me refugiaré en sus brazos porque no es así! Logan Loewen no es nadie para mí. Me ha destruido y lo sabes.

—Cariño, si tan solo te hubieses visto esta noche—muerde su labio inferior y se aferra a no llorar—No sabía si matarlo o dejar que te calmara para que dejases de llorar y luego matarlo. Me decidí por la segunda porque fue ahí cuando me di cuenta que tu corazón lo sigue teniendo él, y no parte de lo que te queda, es todo, y no son pedazos. Es un corazón fuerte, algo que yo jamás voy a poder tener.

Es lo último que escucho antes de caer en sus brazos y sollozar fuerte. Me lleva en sus brazos hasta la cama y se mete conmigo. No tardé mucho en quedarme dormida, pero a pesar de estar en modo trance, sentí cuando Garrett tomó su almohada y cerró la puerta detrás de él.

Ya está, de nuevo me encuentro perdiendo a otra persona más.

CAPÍTULO 20

No iba a quedarme más. Cuando abrí mis ojos hinchados esta mañana, solamente hice una llamada al centro. No iría a trabajar hoy, necesitaba sacar mis cosas de la casa de Garrett.

—No hay prisa para que te vayas, Ellie. —Garrett entra a la habitación y ve mi ropa sobre la cama— Pensaba dejarte mi apartamento.

Lo veo confundida— ¿Qué?

—Regresaré a Nueva York, esta misma tarde.

—Ya.

—Ellie— Me detiene cuando dejo caer la maleta a la cama y empiezo a meter mi ropa sin ningún tipo de cuidado—Quédate el tiempo que quieras, no regresaré hasta dentro de tres semanas.

—Voy a irme, Garrett. Ésta es tu casa y anoche me quedó claro que ya no formo parte de tu vida, por lo tanto me iré y no te molestaré más.

—No te estoy corriendo, Ellie. ¿Adónde te irás? ¿Con tu hermano? No quiero irme y saber que según tú te he echado a la calle sin más.

—Sabía que harías esto.

—¿Qué quieres que haga?—Ahora soy yo la que se detiene—¿Que te llore? ¿Que te suplique que no te vayas y que no me dejes?...No Garrett. Ni siquiera a ese hombre que tú dices que amo le supliqué para que se quedara conmigo cuando se fue.

—Deja de actuar como una niña y asimila la situación como la adulta que eres.

—Eso hago, por lo tanto—Cierro mi maleta—Me voy y espero que te vaya bien en Nueva York, me aseguraré de no dejar nada mío aquí y…

Me calla cuando me toma del cuello y me da un beso en los labios. Abre su boca y yo también lo hago para dejarle entrar, al momento en que siento su sabor me doy una bofetada para mis adentros porque no me permito ser utilizada de esta manera y que jueguen con mi mente, lo aparto y nuestras respiraciones es lo único que se escucha.

—¿Ya tuviste suficiente?—Le pregunto llevando mi mano a mis labios.

—Lo siento… yo.

—No.

Lame sus labios como si todavía sintiera mi sabor y se rinde.

—Tu hermano vendrá por ti—Dice al momento de salir de la habitación—Le he llamado anoche y sabe todo.

Cierra la puerta y me siento sobre la cama. ¿Qué me espera ahora?

Garrett cree que saldré corriendo a los brazos de Logan, pero se equivoca, si alguien era bueno para mí ése era él. Logan tiene novia, la súper modelo que anoche marcó territorio conmigo, seguramente sigue entre sus sábanas y yo aquí, lamentándome, recogiendo lo que queda de mi dignidad y metiéndola dentro de mi maleta para salir de aquí.

Garrett tiene razón, no lo amo de la misma forma, le amo como amiga, pero no como una mujer que ama a su hombre. No tenía que ser así, si Logan no hubiese regresado yo lo seguiría intentando.

¡Demonios, sí! Lo seguiría intentando y aunque no lograra hacerlo, al menos no estaría haciéndole sufrir como lo estoy haciendo.

Cuando terminé de empacar mis cosas —que no era muchas— escuché la puerta, Dean entró y habló con Garrett. No logré escuchar nada, pero lo que no haría era irme a casa de Dean como una idiota adolescente o una mujer derrotada. Mañana mismo buscaré un lugar para vivir. No puedo vivir con Dean, tiene una familia ahora y además es el mejor amigo de mi herida y seguramente le visitará y no quiero eso.

Amo a mi hermano y a su familia, pero es momento de crecer y aceptar que estoy sola.

Puedo vivir con ello.

—Déjame en un hotel —Le ordeno a mi hermano que no ha dicho nada desde que salí del apartamento de Garrett— Mañana empezaré a buscar un apartamento.

—Puedes quedarte en casa con nosotros, Ellie.

—He dicho que me lleves a un hotel, no hagas que también te odie.

—¿Odiarme? —Dice sorprendido— No, Ellie. Aquí parece que la que se odia a sí misma eres tú. Quieres arreglarlo todo, pero siempre terminas haciéndote daño o haciéndoselo a los demás, esta vez ambos lados salieron sufriendo.

No puedo creerlo.

—Cállate, Dean. No sabes absolutamente nada.

—¡Sí lo sé! —Grita y me sorprende su ira de un momento a otro— Sé perfectamente que no perdonas a Logan, y quisiste taparlo todo con tu relación con Garrett y eso solamente terminó de destruirlos a ambos, no solamente a ti o a Garrett, vi el rostro de Logan cuando te miró con él.

—Él llegó bien acompañado, Dean. Estoy segura que nada de lo que vio le importaba.

—¿Vas a creer esa mierda?

—Ella marcó territorio en el tocador de mujeres, alguien que hace eso es porque tiene razones.

—Todas quieren follar con Logan Loewen, Ellie y no sólo por eso es que él tenga algo serio con ellas.

—Deja de defenderlo, Dean. Lo odio.

—No lo odias —Ataca de nuevo— Deja de luchar, Ellie. Vas a acabar sola.

—¿Disculpa?

—¿De qué te sirvió irte a vivir con Garrett? —Abro la boca y él continúa— Nada de lo que hagas cambiará tu pasado pero tienes que enfrentar las cosas y aceptar.

Garrett te amaba pero al fin y al cabo terminó dejándote al darse cuenta de algo que solamente tú no ves o no quieres aceptar.

No digo nada y siento la ira dentro de mí.

Lo veo de nuevo con lágrimas en los ojos y fulminándolo con la mirada — ¿Qué se supone que tengo que aceptar?

Dean me ve por un segundo y ve de nuevo a la carretera cuando dice:

—Sigues amando a Logan.

...

Enfadada entré al hotel del centro donde Dean me dejó, no permití que me ayudara con mis maletas y me enfadé tanto con él que terminé echándolo. No podía creer lo que me había dicho.

No amo a Logan, si lo amara saliera corriendo a sus brazos, soy una mujer libre, pero en cambio él, sigue siendo un jugador.

Por lo tanto. No.lo.amo.

Punto final.

Me debato entre salir o desempacar, cuando tenga mi apartamento tendré que amueblarlo, algo que nunca me ha apetecido, poner el espíritu hogareño en casa. Cuando vivíamos en casa todavía, fui la primera en decidir que cuando Dean se fuera a su propia casa con su familia, yo también me iría, era demasiado doloroso vivir en una casa llena de recuerdos. La primera vez que dejamos una fue en Londres, pero era para construir nuevos.

Ahora era diferente, tenía que marcharme con un hombre, a uno que no podía amar y al cual terminé de romper su corazón.

Quizás ahora esté en Nueva York. Espero que conozca a alguien y que me olvide, merece a cualquier mujer que quiera tener, pero a la que quería era a mí, me tuvo, pero él mismo lo dijo.

Quería más.

El hotel ha traído todo tipo de comida a mi habitación y no me sorprendo, seguramente fue Dean, ya que no he logrado llevar comida a mi estómago en todo el día y sabe que cuando me enfado o me siento mal, mi estómago es quien paga las consecuencias. Pero por más que intento solamente estoy en cama, he abierto el mini bar y he bebido todo tipo de alcohol en miniatura.

Aunque no me siento ebria, puedo decir que tampoco estoy en mis cabales. Ya que he puesto música a todo volumen y lo único que puedo hacer el levantar mi culo del colchón y cantar llorando.

Recuerdo que hace años
Alguien me dijo que debería tener
Cuidado cuando se trata del amor
Lo hice, lo hice.

Y tú eras fuerte y yo no
Mi ilusión, mi error
Fui descuidada, lo olvidé
Lo hice.

Y ahora cuando todo está terminado
No hay nada que decir
Te has ido y sin esfuerzo
Has ganado
Puedes seguir adelante diles.

Diles que todo lo sé ahora
Grítalo desde las azoteas
Escríbelo en la línea del horizonte
Que todo lo que tuvimos se ha ido ahora.

Diles que era feliz

Y que mi corazón está roto
Todas mis cicatrices están abiertas
Diles qué yo esperaba que fuera
Imposible, imposible.
Pelearse con el amor es difícil
Enamorarse de la traición es peor
Confianza rota y corazones rotos
Lo sé, lo sé

Pensando que todo lo que necesitas está allí
Construyendo fe en amor y palabras
Promesas vacías se desgastarán
Lo sé, lo sé.
Y ahora cuando todo se ha ido
No hay nada que decir
Si tú terminaste conmigo avergonzándome
Por tu cuenta tú puedes seguir adelante diles.
Imposible, imposible
Imposible, imposible
Imposible, imposible...

CAPÍTULO 21

He dejado de llorar, la música sigue y la que escucho en estos momentos no logro entenderla bien, pero seguro es otra triste, como las que me gustaban años atrás. Pero las que escuché cantar a Logan y la que me cantó, ésas sí no logro tener el valor de escucharlas de nuevo. Me parten en mil pedazos.

No sé si es mi imaginación, pero alguien toca la puerta. No quiero ver a Dean y seguir escuchando sus conclusiones sin sentido, tampoco quiero ver a mi cuñada. No me siento derrotada ni patética, pero de una u otra forma ellos me hacen ver así y tampoco quiero eso. Por eso he decidido encerrarme aquí y lidiar con mi propia lástima hasta que todo acabe, mañana será otro día, hoy me permito llorar.

¡Toc, toc!

De nuevo tocan y no saldré, me hago un ovillo, haciendo las pequeñas botellas a un lado e ignoro ése incómodo sonido, si es servicio a la habitación, pueden pasar, no me importa. No pienso salir de esta cama.

Como si leyeran mis pensamientos, dejan de tocar la puerta pero después de un breve silencio escucho el pitido de la puerta que me indica que se ha abierto, ahora mismo no estoy segura de lo que pasa, pero de algo sí me estoy lamentando y es que he bebido como una loca y sin haber comido nada antes.

La música se apaga y escucho pasos por toda la habitación. Cierro mis ojos esperando no dormirme, pero alguien toma las botellas vacías que yacen alrededor mío para llevarlas al cesto de la basura y lo sé por cómo las deja caer, es como si esa persona estuviese molesta conmigo.

Es mi bar, he pagado por hacer lo que quiera aquí dentro.

—Por favor, quiero estar sola—Mascullo con todas mis fuerzas—Aunque si ya está aquí debería de volver a llenar el mini bar, no tengo intenciones de irme.

Los pasos siguen alrededor y escucho que suenan los cubiertos y los platos.

—Podría llevarse eso, por favor—Continúo—No lo he tocado y creo que no ha sido buena idea haber bebido sin comer y...

—¡¿Qué!?—Ese grito me asusta y abro los ojos asustada para incorporarme en la cama.—¡¿Cómo que no has comido y te has puesto una borrachera de muerte?!

Sigo con mi boca abierta y entrecerrando mis ojos por lo que estoy viendo. Esto tiene que ser una jodida broma de Dean o del mundo.

Quizás esté soñando por tanto alcohol, o intoxicada, qué se yo.

Pero no puede ser que Logan jodido Loewen esté en mi habitación. Me rehúso a creer que este idiota esté frente a mí con su ceño fruncido y decidió a hacer una de las suyas de nuevo.

—Mierda—Se asusta de que me escuche decir tacos, bueno; sea una ilusión o no, no ha conocido que la nueva Ellie es amante de los tacos—Me estoy volviendo loca y ahora tengo que verlo en todos lados.

—¿De qué estás hablando?

—Hasta habla—Digo para mí misma—No puede ser que hable, esté aquí sin mi consentimiento, me vea con cara de pocos amigos y se vea tan malditamente caliente con lo que lleva puesto.

Logan se ve a sí mismo y continúa con el cejo fruncido.

Ha venido en unos vaqueros oscuros, lleva una camiseta blanca que deja marcado a la perfección todo su cuerpo musculoso y se ha despojado de su chaqueta de cuero porque la veo que está sobre el sofá a mi derecha.

—Bien, parece que ya está empezando a afectarte sabrá Dios lo que tomaste—Me regaña—No puedo creer que Dean te haya dejado aquí sola.

—Y yo no puedo creer que Dean te haya dicho dónde estaba.

Salgo de la cama y lo encaro, pero mi cuerpo se resiente y mis rodillas frente a él se rinden y caigo en sus brazos para evitar que me desplome en el suelo.

—Parece que eres real—susurro con los ojos cerrados—Tu aroma es diferente ahora, no me gusta, eres un desconocido... ¡Pero qué digo! Siempre fuiste un desconocido, Magic Loewen!

—Ellie.

—Danielle para ti—Sigo entre sus brazos, intento luchar para que me suelte pero no me deja, él es más fuerte que yo.

—Por favor si eres real, vete.

Ahora lloro.

—Ellie...

—¡Vete!—Grito y continúo forcejeando con él—Vete que ya estoy acostumbrada a tu ausencia, a que te vayas y quedándome sola, no te necesito aquí, te he necesitado estos dos años... pero ya no, ya no quiero necesitarte... sólo... vete.

—Ya no me iré, nena—Toca mi rostro y abro los ojos, sigue enfadado por su cejo fruncido y no me importa, se ve igual de guapo—Solamente si tú me lo pides.

—Vete—Digo enseguida y se ríe.

—Cuando estés sobria, por supuesto.

—Eso es trampa—Le digo—Sigo siendo yo y te pido en este mismo instante Logan Austin Loewen que me dejes en paz y te vayas en éste maldito instante de mi presencia...

Oh, mierda.

¿Se está riendo de mí? Y no solamente le encuentra algo divertido a mis palabras, su carcajada está empezando a irritarme. Pero qué patética me he de ver, llorando, borracha y en el suelo de la habitación de un hotel.

Además de que es mi ex el que está presenciando todo.

—Vas a comer—Dice mientras me levanta en sus brazos y me lleva hacia la cama—Luego te darás una ducha y dormirás hasta que salga el sol.

Ahora soy yo la que arruga la frente.

—¿Estás dándome órdenes?—Pregunto.
—Sí y no acepto ningún tipo de pataleta—Se sienta a mi lado—Verás. Creo que ya estás bien mayorcita para eso, Dra. Roth.
No entiendo nada.
—¿Qué haces aquí, de todas maneras?
Ahora se levanta, ya no parece tan valiente después de todo. Solamente espero Dean no haya abierto su boca.
—Quería verte y explicarte lo de la otra noche…
—Detente ahí—Vuelvo a ponerme de pie y me siento aliviada de ya no caer ante él—Lo que hagas con todas las mujeres que se te pongan enfrente no es mi problema, pero no respondo la próxima vez que una de ellas quiera marcar territorio.
—Ellie, no es lo que…
—No quiero escucharlo.
—¡Me vas a escuchar!—Grita y se para frente a mí, he abierto tanto los ojos que hasta él mismo se asusta—Me vas a escuchar, Danielle Roth.
—No quiero escucharte—Le gruño, alejándome de él, pero me corta el paso.
—Vas.a.jodidamente.escucharme—Repasa cerrando sus ojos, parece que no tiene la misma paciencia de antes y yo no soy tan tímida, así que vamos mal.
—Me.importa.una.mierda—Rio para mis adentros por mi insolencia y Logan me toma de los brazos y hace que lo vea.

—Esa noche llevé a Tasia—Explica y por más que quiera seguir luchando, me tiene tan fuerte de los brazos que no tengo escapatoria—Porque sabía que estarías con tu...novio y no quería presentarme solo y ser causa de lástima para...

—No todo se trata sobre ti—Lo interrumpo y él deja salir un suspiro de desesperación por seguir explicándome algo que a la larga en realidad no me importa.—A nadie le importa que hayas llegado con una súper modelo.

—A ti sí te importó—Abro mi boca y me calla con la mirada—No intentes creer esa mierda de que no te importa o a los demás, todos los que estaban ahí saben perfectamente quién era... y quién fui para ti, no intentes negarlo.

—¿Entonces llegaste con una mujer para salvar mi trasero o el tuyo?

—No.

—¿No?—Insisto.

—Fue para que sintieras lo mismo que siento yo cuando te veo con él.

Un momento.

¿Él cree que sigo con Garrett? Se refirió a él como mi novio, en presente. Entonces, es verdad, ha venido a darme su excusa del porqué llevó a Tasia a la cena.

Pero entonces debe de estarse preguntando qué hago aquí, es por eso que ha venido, si hubiese estado en casa no llegaría ahí, hubiese esperado hasta que llevara a Zoe al centro.

¿Y dónde está Zoe?

Demonios... no debo decirle nada, tampoco que soy una mujer libre, eso le dará luz verde y es lo que no quiero.

Quiero estar sola, no puedo permitir tenerlo de nuevo en mi vida, aunque mi corazón lo tenga todavía él... yo no soy la misma, ya no puedo entregarle lo que antes le tendía en bandeja de plata, estoy vacía y marcada.

—¿Ellie?—Me llama y no levanto la vista, he empezado a llorar de nuevo, porque ahora me toca a mí mentirle... y es como lo que él hizo por mí... salvarlo.

—Vete—Sollozo—Sólo vete.

—No te dejaré aquí en ese estado—Afloja su agarra y aprovecho para alejarme—¿Dónde está el idiota de tu novio a todo esto?

Lo sabía, Logan no sabe que Garrett y yo ya no estamos juntos.

—Él... yo...

—¿Se pelaron?—Asiento—¿Y te ha corrido de su casa?

—Sí... no...

—¡Ellie! —Grita y hace que lo vea—Habla bien y dime qué te hizo... porque si te ha lastimado ahora mismo soy capaz de...

Salgo corriendo al escucharlo tan enfadado y eso ha causado que se me revuelva el estómago. Vomito todo el alcohol y quedo tumbada en el váter e inspirando por la nariz. Logan me levanta y me ayuda a entrar al baño, cuando siento que quiere levantar mi blusa, me alarmo y lo aparto.

—No—Suplico—Yo lo hago.

—¿Estás segura?

—Sí.

No discute y cierra la puerta detrás de él sin verme. Me despojo de toda mi ropa, estoy que doy asco y no sé cómo se atreve a verme así. Me meto a la ducha y lavo con cuidado todo mi cuerpo.

Por suerte mi maleta está aquí dentro, así que salgo y busco algo para vestirme. Me decido por un pantalón de algodón bastante holgado y un suerte. No es la mejor combinación pero tampoco busco gustarle a mi ex, que seguramente está del otro lado volviéndose loco.

Abro la puerta y veo que en la mesita de noche hay un bote con agua y dos aspirinas.

—Eso es después de que comas—Dice.

Lo veo y no sé si es debido a que no he comido nada, pero me siento mareada y todo empieza a darme vueltas.

—¡Nena! —Grita llegando hasta mí.

Me carga de nuevo y agradezco no pesar más de 50 kilos y que Logan sea tan fuerte para que me cargue más de una vez en menos de una hora.

Me deposita en la cama y luego regresa al carrito donde sigue la comida sin tocar, debe de estar todavía caliente o ya demasiado fría, no importa, de igual manera va a meterme eso en mi sistema, lo conozco y sé que es como un maldito dolor de ovarios cuando algo se le mete a la cabeza.

—No quiero comer—Tapo mi cara con la almohada y cierro los ojos rebuznando.

—Nena, tienes que comer, por favor.

Quita el edredón y la almohada de mi cara y aprieto más mis ojos cuando escucho su risa.

—¿Qué?—Pregunto.

—Te ves tan tierna cuando te pones así.

—¿Así cómo?

—Caprichosa—Susurra—Conocí a una Ellie caprichosa antes y era un dolor en el corazón, me hacías sentir incluso pequeño, siempre te veías tan jodidamente hermosa en tu ropa de colores y tus zapatillas sin combinar.

Oh, diablos.

—Logan—Lo veo y niega con la cabeza.

—Ten—Lleva el primer bocado hacia mi cara y me siento para tomar la bandeja, le quito el tenedor de su mano y asiente porque sabe que ni en un millón de años dejaré que me dé de comer como una niña.

Me mira comer y no dice nada, en realidad era lo que necesitaba, comer un poco y la comida no está nada mal.

Veo el reloj y el sol se ha ocultado hace tres horas, debe de estarse haciendo miles de preguntas, como lo que ocurrió entre Garrett y yo para que esté en un hotel y sola. Pero no debo decirle nada.

—¿Dónde está Zoe?

—Con sus abuelos—Ve el reloj de su muñeca y eso me dice una cosa.

—Puedes irte, gracias… por todo.

—No te dejaré sola.

No discuto, quiero terminar mi comida primero para tener la fuerza suficiente y sacarlo de aquí. No va a quedarse a consolarme, no necesito que lo haga, ya suficiente tengo y si más no me equivoco él es el causante de todo esto.

No dejaré que Garrett tenga razón y se espere que salga corriendo a los brazos de Logan a primera hora del día.

Una vez termino de comer, salgo de la cama y voy al lavabo, lavo mis dientes y me veo al espejo, tengo ojeras y además estoy muy cansada, en realidad esta vez lo estoy.

—Logan, tienes que irte—Sigue viendo cada uno de mis pasos, pero me quedo en la puerta cerca de la cama—Estoy bien, pero es mejor que te vayas.

—¿Por qué?

—Porque... no es correcto que estés aquí.

—¿Correcto?—Parece ofendido—¿Por qué no es correcto que esté cuidando de ti? Somos amigos.

No me hagas reír.

—Tú y yo no somos amigos—Lo señalo con el dedo—Soy la doctora de tu hija, y además ella sí es mi amiga, tú no.

—Que seas amiga de mi hija, me hace ser también tu amigo de alguna manera, Dra. Roth.

—Deja de jugar y vete.

—¿Jugar?

—Deja de hacer de todo lo que te digo una maldita pregunta, Logan.

—¿Te estás escuchando?

Mierda, otra pregunta.

—Lo que escucho es pidiéndote por las buenas que te vayas.

—No me quiero ir.

—¿Por qué?—Ahora soy yo la que pregunta y él se ríe.

Camina hacia mí y levanto mi mano para que se aleje, lo entiende y retrocede, toca su cabello y lame sus labios.

¡Joder! Ahora me siento caliente de verlo enfadado y haciendo todo lo que siempre me ha parecido caliente de él.

Concéntrate, Ellie.

—Mira— Ahora me siento nerviosa y me maldigo a mí misma porque aquí vamos con las mentiras —Es mejor que te vayas, no quiero que...

—¿Qué? —Pregunta enojado cortándome la respiración con su mirada gris.

—Garrett no tarda en venir —Si pensaba que sus ojos podían cambiar de color, lo han hecho, ahora las venas de su cuello parece que van a estallar —Hemos discutido...pero... ya sabes... tenemos que... tenemos que arreglarlo.

—¿Por qué estás tan nerviosa, Ellie?

—No lo estoy.

Antes de poder resistencia, Logan ya está a pocos centímetros de mi rostro pidiéndome que lo vea, pero no lo hago.

—Mírame.

—Yo...

—Mírame y me iré.

Tiene que ser alguna trampa, pero no lo sabré hasta que lo haga, así que levanto mi rostro y me obligo a verlo, sigue enfadado y pidiendo más que unas simples palabras.

¿Acaso no se da cuenta que no es nada mío para que me pida ese tipo de explicaciones?

—¿Por qué estás temblando?

—No lo estoy.

—¡Deja de mentir! —Sus gritos lo único que hacen es enfadarme y lo empujo.

—¡Vete! —Golpeo su pecho— ¡Vete y déjame en paz! ¿Ya no tienes suficiente? ¿Qué más quieres saber? ¿Qué más quieres de mí? Deja de arruinar mi vida y vete, Logan. No quiero que te acerques más a mí a menos que se trate de Zoe, mientras tanto... sólo...

Logan corta mi respiración cuando me toma con fuerza, no me lastima, pero ahora mismo le temo, porque me ha arrojado a la cama y está sobre mí, buscando mis labios, pero no se lo permito.

No quiero que siga jugando con mi mente y lo poco que me queda de corazón porque ahora cree que puede venir a reclamar algo que él mismo dejó ir.

—¿Dime que no te has enamorado de él, nena? — Susurra pegando su frente a la mía —Por favor, dime que todavía puedo recuperarte.

Oh, Logan. Si tan solo supieras.

—Logan.

—Dime que lo amas y te juro por mi vida que no volveré a acercarme a ti con otras intenciones que no sean profesionales —Me exige casi rogando —Dime, Danielle.

—Sí —Susurro lo más bajo para que no pueda escuchar mi mentira —Sí, lo amo.

Cierro mis ojos esperando que diga o haga algo, pero solamente escucho cuando la puerta se cierra.

CAPÍTULO 22

Le dije que amaba a Garrett, ni siquiera sé cómo pude no titubear ante tan vil mentira. Pero ahora me toca a mí salvarlo y si tengo que mentirle lo haré. Ahora mismo es la tercera visita a un condominio no lejos del Florence. He rechazado cada llamada de Dean, pero he respondido los mensajes de texto de mi cuñada, diciéndole que necesito que mi hermano mayor me dé un respiro y no siga metiéndose en mi vida, quiero hacer las cosas por mí. Quiero empezar una nueva vida, sola, sí sola y no me importa, es lo que es.

— ¿Señorita Roth? — Me llama el agente de bienes raíces, es muy joven para dedicarse a ello, pero ya veo porqué. Me encanta este condominio, es amplio, lleno de luz, ni tan pequeño ni tan grande, es perfecto. No necesito otro lugar grande, suficiente el tiempo en que estuve en casa de mis padres yo sola, llena de recuerdos, ahora quiero construir los míos. — Hemos terminado el recorrido, ¿Le gusta lo que ve?

— Es perfecto — Veo a mi alrededor y me visualizó aquí, empezaré mañana, Bridget se ofreció a ayudarme, tendré que comprar algunos muebles y listo. Mi vida comienza ahora.

— Muy buena elección, Señorita Roth.

Lo veo y se sonroja un poco cuando le sonrío. Hemos conversado un poco, y no porque yo haya entablado la conversación, es un chico risueño además de elegante y carismático. Desde hace tres días hemos estado viendo condominios y ninguno me gustaba, pero era porque quizás mi mente estaba todavía en aquel sonido de la puerta del hotel cuando se cerró.
—¿Señorita Roth?
Demonios, otra vez.
—Discúlpame, estoy un poco distraída.
—Bueno—Toma la carpeta y regresa su mirada castaña a mí—Me gustaría que llenáramos el contrato, pero ya que después de este día quizás no te vuelva a ver, quiero hacer lo que he querido desde que te conocí.
¿Está tuteándome?
—¿Ah?
Se ríe—Quiero invitarte un café, quizás te ayude en tu distracción.
—Eh... yo...
—Llámame Colin—Toma mi mano y coloca su brazo entre el mío para dirigirnos a la puerta—Descuida que no muerdo y aunque lo hiciera—Abre la puerta y extiende su mano para que salga primero que él y dice divertido:—No eres un chico.
—Oh.
Caminamos una calle arriba donde hay una cafetería y yo sigo aferrada del brazo de Colin, desde que le conocí siempre me veía divertido y es un tanto intimidante, pero ni en un millón de años hubiese pensado que es...
—No soy gay.

Estamos afuera de la cafetería, hemos encontrado un buen lugar para conversar y desde aquí puedo ver mi coche y el de él.

—Pero dijiste que...

—Te lo dije para que aceptaras tomar algo conmigo.

Me rio a carcajadas—Eres todo un personaje, Colin.

—Descuida, no suelo hacer esto con todos mis clientes pero desde que te vi quise conocerte y además sé perfectamente quién eres o... quién eras.

—Supongo que la gente sigue hablando sobre ello.

—¿Bromeas? —No sé si responder a eso—Eras la novia de Logan Magic Loewen.

Como me lo nombre alguien más de nuevo no respondo.

—Lo era, hace dos años y por lo tanto si yo lo superé, creo que todo el mundo debería también hacerlo.

Colin asiente y entrecierra sus ojos—¿Tan malo fue?

No tengo idea de por qué estamos teniendo esta conversación, acabo de comprarle un condominio, no entregarle mi biografía completa, de todas formas parece alguien de confianza y platicar con alguien que no sea mi hermano o mi cuñada me vendría bien.

—No fue malo—Lo digo en serio—Solamente no era el momento.

—Lo siento, no nos conocemos, no tenemos por qué hablar de eso—Toma un sorbo de su café—Soy tan malo con eso de las citas.

—¿Esto es una cita?

Me hace guiño y yo vuelvo a reír. Continuamos conversando y nunca me había reído tanto como hoy, Colin dice que tiene problemas con las chicas, que le va mejor con los chicos, pero no entiendo, es mono y además inteligente.

—Dra. Roth— La taza se resbala de mis manos y cae todo sobre mis vaqueros, vale más que ya estaba frío, sino hubiese sido terrible.

—¡Mierda!—Colin se acerca rápido a intentar limpiar con una servilleta de tela, pero mis ojos siguen en alguien que ahora quisiera matar a este chico por estar tocándome.

—Yo...—Tartamudeo quitándole—Yo, puedo Colin.

—Déjame ayudarte, Ellie.

—Ella dijo que no necesita tu maldita ayuda.

Logan lo fulmina con la mirada, no quita sus ojos de Colin y éste se da cuenta levantando sus manos y tomando distancia de mí. Ha entendido el mensaje.

—No seas grosero—Le gruño—Es tu culpa que se me haya derramado el café, siempre apareciendo como un fantasma.

¿Qué hace él aquí? Dijo que solamente se acercaría de forma profesional y dudo mucho que hacer que derrame mi café y amenazar con la mirada a mi nuevo amigo, sea algo profesional.

—Pasaba por aquí y quise ver cómo estabas.

—Pues estoy bien—Digo con la frente en alto—como verás has interrumpido mi cita, por lo tanto te voy a pedir que te retires.

Analiza mi petición y su respiración se acelera, pienso en retractarme, en decirle que Colin es solamente alguien que acabo de conocer y que además he comprado un condominio nuevo donde puedo cuidar a Zoe cuántas veces lo necesite. Pero cuando veo que una rubia se cuelga de su brazo, ahora soy yo la que retrocede.

—¿Nos vamos?—Le pregunta ella, me ve y sonríe de manera triunfal.

—Sí—Responde Logan sin quitar sus ojos de los míos, pone un brazo alrededor de la cintura de la rubia y se va sin decir más.

Me dejo caer en mi mesa y tomo el café de Colin, no creo que le importe.

—Eso fue…

—Una mierda.

—Una mierda grande—Me sigue—¿Siempre es así de idiota?

—Antes era peor.

—Oye—Toma mi mano y lo veo—Lo siento mucho.

—No pasa nada—Me levanto y veo el desastre en mis pantalones—Tengo que irme a trabajar pero primero debo cambiarme de ropa.

—Te acompaño—Se levanta bien y vuelve a tomarme del brazo, suspiro y hago lo mismo, a diferencia de Logan es que no lo hago frente a él para terminar de destrozarlo, lo hago porque Colin es una persona agradable sin otras intenciones como las de esa rubia o aquella otra modelo.

Seguro ésta también es una modelo. Todavía me pregunto qué ve o qué vio en mí, no soy nada hermosa como lo son ellas.

—Debo admitir—Colin me trae a la realidad, mientras espero en la puerta de mi auto—Que Magic haya hecho derramar tu café hizo saltarme dos citas más para poder tocarte.

Lo golpeo en broma y me rio a carcajadas cuando él hace lo mismo.

—Eres un idiota, Colin.

—Sé que no te conozco mucho, pero tengo cinco hermanas, a las cinco les han roto el corazón por lo tanto sé que el tuyo no está lejos de estar así. Pareces una buena chica, no voy a intentar meterme en tu cama al menos de que me lo pidas.—Eso hace que me ría de nuevo—Pero no dejes de sonreír por lo que haga ese idiota, se ve que solamente lo hizo por molestarte.

—¿Cómo lo sabes?

—Porque lo vi con la rubia, tenía cinco minutos de estarte viendo y él se soltó de su agarre desde que se bajó del auto para acercarse a ti—Ahora mi sonrisa se ha ido—Los hombres jugamos sucio cuando se trata de alguien a quien amamos, también solemos comportarnos como unos verdaderos idiotas y él acaba de hacer todo eso en menos treinta segundos y lo hizo porque yo estaba ahí.

—Yo tampoco ayudé, le dije que eras mi cita.

—Lo eres—Pongo los ojos en blanco y vuelve a reír.—Cuídate mucho, Dra. Roth.

Abre la puerta de mi coche y entro—Cualquier cosa que necesites tienes mi número, pero si quieres sexo de consuelo, me temo que no puedo hacerlo.

Amo demasiado a mi novia y aunque estemos peleados en estos momentos, no he dejado de pensar en su trasero.

—¿Tienes novia?

—¿Dije novia?—Asiento—Quise decir novio.

Vuelvo a reírme y Colin se despide de mí. La sonrisa no me dura mucho cuando regreso al hotel, me cambio de ropa y tomo mis llaves. Hoy veré a Zoe, por lo tanto también veré a su padre.

Llego al Centro y Logan ha llegado antes, Zoe corre hacia mí y la levanto para abrazarla, a su padre se le ilumina la cara pero cuando nuestras miradas se cruzan se hace el fuerte y frunce el ceño.

—¿Y tu cita?—Pregunta divertido—¿Tan rápido fue?

—No era una cita de ese tipo, Logan—Me siento en mi silla—Tengo novio ¿Recuerdas?

—Sí, uno…

—Logan—Lo reprendo y veo que Zoe está entretenida con su muñeca, pero aun así, no es momento para tener ese tipo de conversaciones.

—¿Qué hará Zoe hoy?—Pregunta cambiando el tema—Te dejaré con ella yo tengo que irme, ocurrió una emergencia.

—¿Está todo bien?

—Me temo que no lo sé todavía—Saca un par de llaves y me las entrega—Ten, por si no vuelvo a tiempo, puedes ir a mi casa.

—¿Pretendes que deje a Zoe en tu casa, sola?

—No—Responde tajante—Pretendo que lleves a Zoe a casa y te quedes ahí, esperando hasta que yo llegue.

Tomo las llaves sin vacilar y me fulmina con la mirada—Si a tu novio no le importa.

—Ojalá pudiera decirte lo que estoy pensando.

Me ignora y llega hasta donde Zoe, le susurra un par de cosas y ella asiente, sin verme de nuevo, sale por la puerta y siento un nudo en mi garganta.

¿Por qué actúa tan frío conmigo?

En el café hace algunas horas estaba un poco celoso y resultó ser un idiota. Pero caigo en una razón, le dije que amaba a otro.

Que esté actuando de esa manera es un alivio, ya que en mi lugar, buscaría la forma de cómo hacerle pagar por cada pedazo roto de mi corazón.

Dejo mis problemas a un lado y me limito a hacer la terapia física de Zoe, me doy cuenta en cada terapia que ya Zoe no necesita venir, a menos no a las terapias físicas, ha perdido el miedo, habla un poco más e interactúa con otros niños.

Termino la terapia y mi día laboral y Zoe tiene hambre, no voy a ir a encerrarla a casa, pienso en algo mejor y la llevo de compras, la compañía no me vendría mal y cuando le mencioné la palabra compras saltó de alegría, aunque serán muebles para mi nuevo apartamento, espero que no se aburra porque hasta pensarlo ya me estoy aburriendo yo.

Salimos con Zoe del centro, mientras ella va comiendo una McDonald en el asiento trasero, yo voy pensando dónde ir primero. Necesitaré una cama, un escritorio, mesas, muebles y demás cosas. Me doy por vencida y me desvío para ir a casa de Dean, si alguien sabe de decorar una casa ésa es mi cuñada.

—Por favor, no digas nada—susurro luego de presentarle a Zoe, le ha caído bien y ha empezado ya a jugar con Ethan—Necesito tu ayuda, he encontrado un apartamento y está tan vacío como mi alma.

Bridget se burla de mí y asiente. Los cuatro salimos de compras y es música para mis oídos escuchar a Zoe reír por las caras que Ethan le hace.

...

La tarde ha sido larga, ha anochecido y ahora estamos sobre el gigante colchón que Bridget me hizo comprar y es lo primero que entregaron hoy. Ha visto el apartamento y le ha encantado, mi primer piso a mis veintitantos.

Ethan y Zoe se han quedado dormidos en el otro extremo y yo sigo viendo el techo de madera, Bridget hace lo mismo y sé que quiere hacer muchas preguntas.

—Habla.

—¿Sabe Logan que estás soltera y disponible para él?

De acuerdo, eso fue ir demasiado al grano.

—No lo sabe y no lo sabrá.

—¿Qué vas a decirle cuando venga a recoger a Zoe?

Logan ha llamado hace media hora preocupado porque ha ido a su casa y no nos ha encontrado ahí, le he dicho dónde estoy y le he asegurado que mi novio no está aquí, por lo tanto estará aquí dentro de poco.

—Que me mudé —Digo sin importancia— No tiene que hacer preguntas que no le corresponden.

—¿No crees que será sospechoso?

—No, porque Logan, Garrett, Dean y tú creen que voy saltar a sus brazos una vez esté soltera, y aunque ya lo esté eso no ha pasado... yo... ya no lo amo.

—Ellie...

El timbre suena, y ambas nos levantamos. Veo a Zoe y sigue completamente dormida al lado de Ethan, se ven tan lindos cuando duermen.

Voy caminando hacia la puerta y Logan tiene la misma cara de pocos amigos que hace unas horas.

—¿Dónde está mi hija?—Entra un poco mal humorado y lo puedo entender, casi secuestré a su hija hoy en toda la tarde—¿Qué es esto?

Ve a su alrededor y no hay nada más que cajas y algunas cosas que compré hoy que siguen embaladas.

Ignoro su cara de leche cortada y regreso a la puerta para cerrarla, pero veo un tacón que se interpone en el marco de la puerta.

—¿Tú eres?—Pregunta viéndome de pies a cabeza y juro por Dios que me quiero morir, una rubia diferente, van tres y quiero cada día matar a Logan.

—Espérame en el coche

—Dice Logan detrás de mí, arrojándole las llaves y la rubia torpemente las deja caer al suelo, yo sigo sin moverme y veo cuando las toma, me guiña un ojo y se va revoloteando su trasero en un diminuto vestido floreado.

—Ellie—Llama Logan y volteo sintiendo la sangre correr por toda mi cara—Te pregunté algo.

—Eso no te importa, Logan—Lo empujo con mi hombro cuando paso cerca de él—Zoe está por aquí.

Por el pasillo sale Bridget que saluda entre dientes a Logan y éste le sonríe, a ella sí le sonríe después de todo, menos a mí y a su rubia que lo espera fuera.

—Tu hija es preciosa, Logan—Dice Bridget—Se ha quedado dormida con mi hijo en cuanto terminaron de cenar, así que puedes llevarla a la cama sin ningún problema.

—Gracias, Bridget.

Toma a su hija en sus brazos y sale de la habitación, no sin antes ver que también aquí está todo vacío. Le doy la espalda rápido cuando llega a la puerta, la abro para que salga y él se detiene para verme por encima del hombro de Zoe.

—Gracias.

Se va sin decir más y yo cierro la puerta, no sin antes echarme a llorar en el hombro de mi mejor amiga.

Logan Loewen sigue siendo el mismo jugador de siempre, no hay ninguna excusa para que esté restregándome en la cara a sus polvos de una noche. Para el aniversario de Dean fue para no sentirse un idiota abandonado, pero esto es diferente, para esto no hay excusa.

Logan Loewen lo dijo en el pasado. Las mujeres son un escape para él y después de dos años lo sigue siendo.

CAPÍTULO 23

Mi nuevo hogar ha quedado bien, me he pasado casi toda la noche y madrugada arreglando cada cosa en su lugar y debo darme un par de créditos, lo de decorar no se me da mal, aunque también tiene culpa mi cuñada, de ahora en adelante no tendré que preocuparme por nada o por quién me espera en casa.

Veo el calendario y hoy es el cumpleaños número 31 de Dean.

—¡Demonios! —grito para mí misma.

Lo olvidé por completo y Dean va a matarme, tengo que llamar a Bridget si va a prepararle algo e ir ayudarle, después de todo no puedo estar molesta con él por mucho tiempo, es mi hermano y lo amo más que a mi vida, así que por hoy lo soportaré e intentaré dar lo mejor de mí.

Después de tener un día un poco cansado en el Florence, conduzco hasta la casa de Dean, por suerte no está su auto, debe de estar en el trabajo todavía.

Llamé a Bridget antes de venir y dijo que todo estaba listo, que solamente quería que cuidara un momento a Ethan mientras ella se preparaba para su esposo, dijo que había comprado un vestido de infarto y otro para mí.

Esto último me negué, pero dijo que si no lo usaba se iba a enfadar conmigo. Y no quieres ver a una Bridget enfadada por supuesto, sino pregúntenle a mi hermano.

Veo por última vez el regalo que he comprado para mi hermano, espero que le guste y olvide todo lo que ha pasado últimamente con los dos.

—Son hermosos—Bridget toca el par de gemelos de oro en forma de volante de auto.

Es mi manera de recordar nuestra adolescencia, cuando éramos bastante unidos, puedo entender que ahora es padre de familia y tiene una familia hermosa, pero quiero que sepa que siempre estaré aquí para él.— Los amará.

Después de una hora, el jardín está preparado para una cena familiar y algunas amistades de Dean, no será como su aniversario, después de que Bastian se presentara, Bridget decidió algo más íntimo y su enorme jardín es todo menos íntimo, ya que su tamaño es para meter a una buena cantidad de personas aquí.

—No voy a usar esto, Bridget—Veo el vestido que ha elegido para mí, es blanco de encaje, pero demasiado corto que apenas cubrirá mi trasero, al menos tiene mangas largas lo que cubrirá un poco mi cuerpo.

—Lo usas y punto, Dra. Roth.

—Pareceré desesperada, los amigos de Dean querrán flirtear conmigo.

—Eso no lo voy a permitir ¿Ves mi vestido?—Lo veo y no parece que hubiese dado a luz a un hijo, sus curvas son perfectas, casi tenemos el mismo estilo de vestido—Seremos las Roth de Dean esta noche, así que vístete, voy a darle el biberón a Ethan y llamaré a Dean, se está tardando mucho.

Resoplo y me quito la bata de baño, mi cabello está perfectamente liso gracias a las mágicas manos de mi cuñada.

Una vez termino de maquillar mi rostro, me pongo el vestido y me veo al espejo, me veo hermosa y rara vez lo puedo admitir, no desde ese día.

Respiro hondo cuando veo que ya hay personas esperando en el jardín y hay música suave en el fondo.

Odio las reuniones, y sé que también Dean, pero Bridget es una persona que le gusta llevar una vida social y además aunque no queramos, nosotros también tenemos que tener una, ya que somos la imagen de nuestra empresa, el legado de nuestro padre.

—Como vea que alguien te vea con otros ojos lo mataré—La voz de mi hermano me toma por sorpresa y me doy la vuelta, luce guapo en su traje sin corbata y lo único que puedo hacer en abrazarle, ya no puedo seguir molesta con él, no tiene la culpa de que mi vida sea una mierda en estos momentos.

—Feliz cumpleaños.

—Gracias—susurra abrazándome.

Aprovecho para entregarle mi regalo y lo abre delante de mí, tenemos un pequeño momento a solas e íntimo entre hermanos y quiero ver su reacción.

A Dean se le ponen los ojos llorosos y a mí también al ver el significado de sus gemelos en forma de volante, vuelve a abrazarme y no dice nada. No hace falta.

—Yo también lo extraño todo, Ellie.

—Ahora tienes todo lo que siempre has soñado, disfrútalo.

—Lo haré.

Me da un beso en mi frente y regresa con su esposa que está secándose las lágrimas al vernos tan conmovidos, ya está en los treinta, es todo un señor Roth.

La noche va bien, he comido hasta más no poder, la comida que ha preparado Bridget ha sido espectacular, he bailado con mi sobrino y reído mucho enseñándole nuevos pasos, veo a Dean y a Bridget que ríen a carcajadas al ver a su hijo bailar con su sexy tía, según dicen ellos.

Cuando él sale corriendo seguramente a los brazos de su madre, me sorprendo cuando es a la pequeña Zoe a quien se acerca. Mi sonrisa se borra y salgo de la pequeña pista cuando tropiezo con alguien.

—Lo siento—Digo sin mirar quien sujeta mi cintura, pero enseguida ese aroma hace que quiera terminar de caer. Evalúa mi rostro y no ve nada, una sonrisa, timidez, nada. Ni siquiera estoy enfadada, sabía que estaría aquí.

Lo alejo de mí pero me detiene del brazo cuando dice:

—¿Bailamos?—Sigue sin soltar mi mano y por un segundo la veo. No recuerdo la última vez que bailamos, por alguna razón parece que lo que vivimos hace dos años haya sido un sueño, a veces es todo tan borroso.

No me da tiempo de reaccionar cuando me lleva hasta él y empieza a moverse, la canción es algo sensual, podemos bailarla como mejor nos resulte, pero él se pega a mí, pongo mi mejilla en su pecho y ambos nos movemos al ritmo de Shura.

¿Alguna vez has perdido?
Podríamos perdernos
Quiero perderme
(Quiero perderme contigo)

¿Ha venido con otra chica para no sentirse humillado de nuevo? Solamente espero que al menos esta vez nadie quiera marcar territorio, porque soy capaz de arrancarle todos los pelos de la cabeza quien intente de nuevo arruinar una celebración de mi hermano.

—No apruebo su vestido, Dra. Roth—Susurra y hace que me sienta nerviosa y quiera salir corriendo— ¿Le gusta provocar a los hombres a su alrededor?

—No... yo...fue...

—¿La pongo nerviosa?—El revoloteo de su pecho me indica que se está riendo de mí.

—Fue Bridget, ella lo compró para mí.

—Ya veo—Continúa—Creo que Dean tampoco aprueba el de ella por lo que puedo ver.

Veo a mi hermano a lo lejos con su esposa y sí, Dean está diciéndole algo a su esposa sobre su vestido porque lo señala, ella se ríe de él y le toma el rostro para besarlo, una imagen algo incómoda ya que yo no puedo hacer lo mismo. ¡Pero qué digo!

—Yo tengo que...

—¿En busca de tu novio?—Concluye y fijo mis ojos en él. ¿Realmente no se da cuenta que estoy sola?

—Sí.

Suelta mi mano y me deja ir, yo en cambio tengo calor, tengo sed y quiero quitarme este vestido porque si sigue viéndome así me va a enfadar, parece que quisiera arrancarlo con la boca y hacerme el amor en todos lados. Solamente logro llegar hasta la puerta de la habitación de Dean y Bridget cuando alguien me empuja hacia adentro, la habitación está oscura, no logro ver nada y tampoco puedo gritar, ya que mi atacante me ha tapado la boca con su gran mano.

No voy a hacerlo, ya que no es cualquier extraño, su aroma es inconfundible, por lo tanto dejo que me lleve hasta donde quiere hacerlo, ya no estoy haciendo nada malo, pero él está entrando a la boca del lobo.

—Ellie.—lleva sus manos hasta mi cintura.

Baja un poco hasta mi trasero y me hace gemir en su boca porque hace mucho tiempo no me sentía así y había olvidado que solamente él sabe tocar el punto exacto.

—Logan... por favor.

—Shhh—cuando siento su aliento sobre mi boca me aparto y enciendo la luz rápidamente, Logan sigue con su rostro rojo y me ve como si quisiera comerme, literalmente comerme. No digo nada y tampoco quiero salir corriendo, no voy a huir como lo hace él.

—No vuelvas a hacer eso—Susurro concentrándome en un punto fijo.—No soy una de tus amiguitas y seguramente la cuarta te está esperando.

No dice nada, más sin embargo se impulsa hacia adelante y vuelve a tomarme de las manos, inmovilizándome y llevándome hasta la cama esta vez.

—¿Hasta cuándo, Ellie?—Masculle con voz ronca y yo cierro mis ojos porque tengo unas malditas ganas de llorar—¿Hasta cuándo vas a dejar de fingir... y de mentir?

—Yo... no—tartamudeo y pone sus labios en los míos, no le doy entrada, solamente abro los ojos mientras siguen sus labios en los míos como si fuera el primer beso de dos niños.

Deja de besarme y vuelve su mirada a la mía—¿Dónde está Garrett?

Oh, mierda.

—Él... debe de estar por llegar.

—¿Por qué te mudaste?
—Yo... quería vivir en otro lugar, quiero decir, queríamos vivir en otro lugar.
—¿Por qué solamente habían cajas con ropa tuya en tu nuevo apartamento?
—Eso no...
—¡Deja de mentirme en la cara! —Exclama levantando un poco la voz y hace que mi labio tiemble. Me ha descubierto.
—Yo no... no estoy mintiendo.
—Ni siquiera puedes dejar de tartamudear, Danielle Roth. ¿Acaso sigues teniéndome miedo? ¿O es que no sabes qué otra cosa inventar?
—Yo... —Levanta la ceja advirtiéndome que deje de tartamudear. De acuerdo, él ha ganado. Pero eso no le da derecho a tratarme como las cualquieras de sus amiguitas.

—Déjame ir —Le pido casi llorando— No tienes ningún derecho a tratarme de esta manera, te balanceas sobre mí cuando quieres como si fuese una...

—Cuidado con esa boca —Me calla.

—Como si fuera una más —Termino— Te he visto con una mujer diferente y sé que otra te espera, termina lo que has empezado y vete con ella, déjame en paz.

—¿Terminar lo que he empezado? —Ladea su cabeza y ha sido una mala idea provocarle de esa forma. —Quieres decir... ¿Esto?

Lleva su boca hacia mi cuello y lo besa, no puedo hacer nada, ya que sostiene mis manos por encima de mi cabeza, y aunque no lo hiciera, no tendría el valor de apartarlo, mi cuerpo no lo rechaza.

—¿Esto?—Continúa besando mi pecho hasta más abajo, huele y restriega su cara en mis pechos. Ahora soy yo ya que quiere empezar a tocarlo y sentir algo más que su boca.—Creo que me gusta más esto—Toma mis dos manos con una suya y la otra la lleva a mis labios, repasándolos y dándoles un beso casto, cierro los ojos y desliza su mano más abajo, ignorando uno de mis pechos, llegando a mi cintura hasta tocar mis muslos.

Vuelvo a tensarme y jadeo con los ojos cerrados mientras lleva su mano hacia el interior de la parte baja de mi vestido y empieza a jugar con mi sexo que ha vuelto a arder desde que ha regresado.

—Por favor…

—Dime, Ellie—Continúa en lo suyo y susurra en mis labios—¿Le pides a tu no novio que se corra como me lo pedías a mí?

Aprieto sus manos sintiendo el placer y pensando en la locura que estamos haciendo, pero cuando ha llevado de nuevo esa imagen a mi cabeza, pienso en cuando se fue y mintió, en mi accidente después de eso, en cuando conocí a Garrett y me salvó y ahora que ha regresado a joderlo todo.

Con todas mis fuerzas me suelto de su agarre y saco su mano de mi ropa interior, llorando, sudada y todavía excitada le gruño:

—¡Te odio!

—No me odias, te odias a ti misma por no aceptar que todavía sientes algo por mí.

Me levanto de la cama y él también lo hace. Cuando se acerca solamente puedo hacer una cosa, y es llevar la palma de mi mano de nuevo a su bello rostro.

Espero una reacción y no lo hace, entonces vuelvo a golpearlo del otro lado.

Cuando quiero una tercera detiene mi mano en el aire y lo empujo para que se aparte.

Me seco las lágrimas con el dorso de mi mano y lo encaro.

—¿Quieres seguir jugando conmigo?

—Lo reto—¿A quién quieres olvidar esta vez? ¿De qué estás huyendo ahora?

Sus ojos grises gritan que me calle, pero no puedo, tengo que decírselo ahora, todo lo que he querido decirle desde que se fue.

—Esas mujeres con las que me viste son modelos de la NASCAR.

—Me explica riéndose—Quería ver hasta dónde eras capaz de llegar con tu falsa teoría de que amas al artista ese.

—Eres un idiota.

—Deja.de.malditamente.insultarme—Gruñe haciendo brillar más sus ojos grises—Si no quieres que haga que te corras en el marco de esa puerta.

—Eres un animal.

—Siempre lo he sido y antes no te quejabas.

—Antes te amaba—He conseguido callarlo.—Antes creía en ti, te apoyaba, te admiraba y quería pasar el resto de mi vida contigo, a tu lado, darte hijos y formar una familia… la que una vez tuve.

—No digas eso—Su voz es casi un susurro—No me digas que no me amas, cuando lo que acaba de pasar hace un momento demuestra lo contrario.

—No te amo, Logan—Siento lástima por mí misma en estos momentos—Amo a Garrett.

—¡Deja de mentir!—Esta vez grita de verdad—No estás con él, es por eso que te mudaste, vives sola, Ellie. Deja ya de mentirte a ti misma.

No puede ser.

—Es por eso que estabas aquella noche en un hotel y ebria —Prosigue al igual que mis lágrimas ya están cayendo con cada palabra que dice— Me dijiste que lo amabas para apartarme de ti, porque tienes miedo de volver a sentirte segura y feliz a mi lado, piensas que voy a dejarte de nuevo cuando tú sabes que vine para quedarme, mi hija te ama, yo te amo, ¿No lo ves?

—No...

—Vas a quedarte sola, tú serás la única culpable de tu miseria, ya no me puedes culpar a mí, cometí un error.

Sí, pero lo hice porque te amaba y de un día a otro resultó que era padre y que mi hija me necesitaba, no podía arrastrarte conmigo, tenía que solucionarlo para poder recuperarte.

Sé que me hubieses apoyado, pero eras una niña, acababas de perderlo todo incluso cuando pensaste que estabas embarazada vi que algo dentro de ti se destruyó, perdonarme por haberte mentido pero no iba a dejar que cuidaras a la hija de alguien que según tú yo seguía amando y la hija que no me podías dar en ese momento. Ahora que tienes que actuar por lo que amas no lo haces, pero has estado engañándote durante un año con alguien que no amabas y ahora él te dejó.

Sé que él fue el que lo hizo porque al contrario de ti él sí te amaba y quería que buscaras tu felicidad. La que es a mi lado.

¿Qué se siente, Ellie? ¿Qué se siente perderlo todo por orgullo?

—También te estoy salvando —gimoteo derribando las paredes que he construido— También te estoy salvando.

—No me estás salvando de nada—Se aproxima y abre la puerta—Solamente quieres dejarme ir... en cambio yo nunca te he dejado de amar y ten por seguro que nunca te dejaré ir de nuevo.

Se va, llevándose con él todo. Jamás pensé que me hablara de esa manera, que me dijera las cosas de esa manera tan cruel, pero estoy segura que de una u otra forma no lo hubiese entendido nunca.

Ahora lo entiendo todo y no puedo arreglarlo, no puedo reparar el corazón de Garrett, no puedo abrirle las puertas de nuevo porque esta vez fue él quien se fue sin que le dijera la verdad.

Que yo tampoco lo he dejado de amar que fui una idiota en no buscarlo para que me diera una explicación, debí creer que me mentía ese día en el hospital, era real, todo era real. Él no podía dejarme por otra mujer, era para recuperar a su hija, pero tiene razón, hubiese sido devastador aceptar en ese momento que había una tercera persona entre nosotros, y aunque ahora ame a Zoe con todo mi corazón, hace dos años era una niña con muchos miedos y nunca lo hubiese entendido.

CAPÍTULO 24

Mientras me debato entre llamarlo de nuevo o no, me dejo caer en mi cama y veo al techo, sí, la vieja fotografía ha regresado al techo de mi nuevo apartamento, la misma donde el amor de mi vida, y mi hermano están en las viejas carreras clandestinas.

Después del cumpleaños de Dean, cuando salí de la habitación me llevé la sorpresa de que Logan se había ido junto con Zoe. Dijo que Zoe se sentía un poco mal y que por eso se tuvo que ir, mi hermano y mi cuñada se dieron cuenta que algo estaba mal, y más cuando vieron el lápiz labial en los labios de Logan. Ninguno de los dos preguntó y se los agradecí. Mi hermano pasó un feliz cumpleaños, me quedé a dormir en su casa a petición de mi sobrino Ethan y más que encantada acepté.

Ahora, dos días después de esa noche, Logan sigue sin aparecer. Hoy tenía cita con Zoe, le daría el alta y además tenía que hablar con él sobre lo que le dijo el abogado y qué más hay que hacer para que recupere la custodia total de su hija. Pero no apareció por ningún lado.

Cierro mis ojos y los abro de nuevo al escuchar la tonadilla de mi teléfono móvil, veo el nombre de Logan y atiendo enseguida.

—Logan...

—¡Ellie! —Suena asustado— ¡Te necesito!... yo no sé a quién más llamar.

—¿Qué pasa? —Salgo de la cama lista para salir corriendo.

—Es Zoe —Suena como si estuviera llorando— Ella se ha desmayado mientras jugaba y no respiraba... yo...

—¿¡Dónde estás!? —Grito.

Apenas y escucho el nombre del hospital salgo corriendo, tomando las llaves de mi coche y mi chaqueta para ir lo más rápido que pueda.

Siento un dolor horrible en mi pecho, al pensar que algo le ha pasado a mi Zoe, y más me parte el alma al escuchar a Logan tan desesperado y solo.

Llego al hospital y lo veo en el pasillo esperando por mí. Lo único que puedo hacer es abrazarlo fuerte y él no se resiste, se mantiene fuerte pero sé que ha estado llorando, sus ojos inyectados de color rojo me lo demuestran.

—¿Qué fue lo que le pasó?

—Estábamos jugando y de repente sus ojos— Hace una pausa y tomo su mano —Se pusieron en blanco. No quería llamar a Bratt y mucho menos a Zoila, me culparían, siempre lo hacen.

—Tranquilo. ¿Qué dijeron los médicos?

—Todavía no sé nada, se la llevaron y no me dejaron entrar, golpee a un par de enfermeros y tuve que calmarme porque si no me echarían.

—Oh, Logan —Lo abrazo y se siente tan bien poder estar aquí— Gracias por haberme llamado.

—Yo... no sabía qué otra cosa hacer —Tomo su rostro para que me vea— Eres en la única persona que confío además de Dean.

Cuando estoy por decirle que lo amo, que me disculpe por todo y que tiene razón de que no quiero quedarme sola, pero que tampoco podemos estar juntos… al menos no ahora.

El médico que atiende a Zoe llega hasta nosotros y Logan es el primero en preguntar.

—Veo que ha llamado a su esposa, Señor Loewen—Dice el médico, yo me sonrojo y Logan sonríe un poco y no lo corrige—La pequeña se encuentra mejor, parece que no se ha estado alimentando bien.

—¿Alimentarse?—Logan y yo preguntamos al unísono—Pero si mi hija come más que yo, pese a su edad le encanta la comida.

—Los resultados de hemoglobina arrojaron que tiene bajo los glóbulos rojos, comer comida chatarra no es comer, Zoe es una niña fuerte, pero a pesar de no reflejarse físicamente el problema de peso, está sufriendo una desnutrición.

Oh, Dios mío.

—No quiero ser entrometido, pero me preocupa su salud—Prosigue el doctor—No sé a quién dejan a cargo a Zoe, pero claramente no lo está haciendo bien.

—Ella—Logan carraspea su garganta—Ella vive con sus abuelos, yo… yo…

—¡Logan!—Grito al ver que palidece y con mi ayuda y la del médico no permitimos que su desmayo llegue a más.

Varios enfermeros nos ayudan y yo he empezado a llorar y pedirle que abra los ojos, lo hace, débilmente, pero lo hace. Es demasiado para él todo esto. Tengo que saber qué le dijo el abogado para que esté tan cansado, lo puedo ver en sus ojos, es sobre eso que está así, además de los dolores de cabeza que le he estado dando yo. Pero no más. Ya no más, Zoe nos necesita.

—¿Logan?—Su rostro tiene color de nuevo, le han administrado algo para que se recupere, ya que necesita estar fuerte para cuando le den el alta a Zoe. Logan aprieta mi mano y no dice nada, solamente me ve y yo le sonrío.

—Dime que no estoy soñando.
—No estás soñando—Vuelvo a reírme.
—Dime que no estoy muerto.
—No estás muerto.
—Dime que me amas.
—Buen intento—Me río y lo abrazo—pero t...

Su móvil suena, poco a poco se levanta y ve que es una llamada del señor Stanton. Piensa si atender o no y le digo por lo bajo que atienda.

—Hola... sí, todo está bien—Me ve enojado y lo entiendo, yo también lo estoy—Estamos viendo una película... pronto irá a la cama...sí...está bien... adiós.

Corta la llamada y casi destruye su celular cuando lo deja caer al lado de la camilla. Tomo su mano y eso parece calmarlo.

—Dime que el médico no dijo que no están cuidando bien de mi bebé.

—Lo lamento—Logan niega con la cabeza.—¿Crees que eso te ayude con el abogado?

—Por supuesto. Una prueba más de que mi hija me necesita.

—¿Una prueba más?

—Sí, la tuya es la más importante de todas, tu diagnostico lleva puntos ganados para demostrar que mi hija está sana, pero ahora esto... es una mierda, Ellie.

Se para asustado recordando que Zoe está también aquí y lo detengo.

—Ella está durmiendo—Se aferra a mi mano—Estará bien, yo misma me encargaré de llevarla a un nutricionista si me lo permites y ya no le daré comida chatarra... me siento culpable al respecto, yo no lo sabía.

Apenas me sonríe—No tienes la culpa, es normal que una niña a esa edad adore las hamburguesas con queso. Lo que no entiendo es por qué. Tanto dinero y lujo y no pueden darle la alimentación que mi hija necesita... todo es mi culpa.

—No, Logan. No es tu culpa—Lo abrazo—Sabes muy bien cómo es Zoila, seguramente le daba lo primero que Zoe pedía para no tener que lidiar con ella.

Recapacita un poco y toma la postura firme que su hija necesita. Ahora me ve y sonríe.

—Pensé que no vendrías.

—Te dije que siempre estaría aquí para ella... y para ti.

—Siento mucho lo que te dije...

—No quiero hablar de eso—Le digo poniendo mi mejilla sobre su hombro—Ya no.

No discute y asiente con la cabeza. El médico regresó minutos después y dijo que Zoe necesitaba quedarse un día más en observación, vi el rostro de Logan caer de nuevo, pero al menos ya no estaría solo para cuidar de ella.

Ya no.

—Puedes irte a descansar—Me aconseja—Te llamaré mañana cuando vayamos a casa.
—No—Vuelvo a sentarme más cerca de él—Me quedaré aquí contigo hasta que ella despierte.
Me ve sonriendo—Me recordaste a la Ellie de hace dos años, la que da todo por sus pacientes.
—Zoe es más que un paciente—Recuerdo cuando la conocí—Desde que la conocí lo supe, vi algo en ella que hizo que mi corazón se derritiera de inmediato, es más que un paciente.
—Te ama.
—Y yo la amo más.
—Seguramente estabas durmiendo cuando te llamé, Ellie. Por favor, ve a descansar, ya has hecho mucho esta noche.
—Te he dicho que no—Me levanto y beso su mejilla—Iré a traer café y algo para que comas y cuando estés listo, quiero que hablemos sobre lo que te dijo el abogado.
Voy hasta la cafetería sintiéndome más tranquila con nuestra situación. Hay muchas cosas de las cuales tenemos que hablar, pero todo a su tiempo, no quiero causarle más estrés, pero debo admitir que me siento un poco nerviosa sobre ello. ¿Qué pasa si Zoe no recupera a su padre? El corazón me duele de solo pensarlo, eso devastaría a Logan, pero haré lo que sea para ayudarlo, lo merece, todos merecemos una familia.
Compro un sándwich y dos café para los dos. Regreso donde dejé a Logan en la sala de espera, llevo los café en una mano y en la otra la bolsa de cartón. A lo largo del pasillo veo la camisa blanca de Logan, su espalda. Está discutiendo con alguien al teléfono y ya me imagino de quién se trata.

—¡No puedes hacerme esto!—Grita, y no se da cuenta que estoy detrás de él—No es tan fácil... no, no puedes... para eso te pago... eres mi maldito abogado no mi jodido psicólogo... no lo haré... debe de haber otra solución... de acuerdo... adiós.

Logan corta la llama y deja salir un gran suspiro. ¿A qué vino eso? Su abogado debe de estar recibiendo una buena cantidad de dinero para que tengan que aguantar al Logan de hace rato.

—¿Está todo bien?
—Sí—Está mintiendo.

Toma un café y lo bebé poco a poco, le doy en sándwich y lo ignora por completo.

Lo entiendo, pero debe cuidarse de sí mismo, por lo que discuto con él amenazándole que soy capaz de meterle de un bocado si no hace caso, así que no discute y termina por comerlo todo de dos bocados.

—¿Hay algún problema con tu abogado?—Debo preguntarlo, es tan terco que piensa que está en eso solo.
—No.
—Mientes—Replico enfadada.
—Nena—Cierra sus ojos suspirando—Mi maldito abogado me está tocando los huevos, pero no es nada de lo que tengas que preocuparte.

¿De acuerdo?

—De acuerdo—Bebo mi café—Lo dejaré estar por unas horas, pero quiero que me lo cuentes todo, sé que no somos...—me sonrojo—pareja, pero quiero que confíes en mí.

—Te ves adorable cuando te sonrojas—Toca mis mejillas—Pareja o no, nunca he dejado de confiar en ti.

Por una parte me hace sentir bien, pero por otra, me siento triste.

Dice que confía en mí pero se ha guardado muchas cosas y sé que me oculta otras, quizás no tengo el derecho de saberlo todo, pero quiero saberlo, no quiero que huya porque piensa que está en esto solo.

—¿¡Dónde está!?—El grito de Zoila hace que ambos nos pongamos en guardia cuando vemos a Zoila y a Bratt acercándose hacia nosotros.

—Cariño—La detiene su esposo—Tranquilízate, seguramente todo tiene una explicación.

—¿Qué hace ella aquí?

—Me señala y regresa su mirada llena de odio hacia Logan—Ahora entiendo todo.

Sabía que algo no andaba bien y fui a buscar a mi nieta a tu casa y me dijeron que Zoe se había ido en una ambulancia hasta aquí. ¡Cómo pudiste!

—Señora Stanton, con todo respeto. No es momento para pelear, Zoe se encuentra fuera de peligro.

—¡No te metas, zorra!—Me grita casi en la cara.

—¡No te permito que le hables así!—Interviene Logan.

La señora Zoila se queda con la boca abierta viendo a Logan cómo me defiende sin mostrarse intimidado.

—Ella ha venido a ayudarme y más bien agradece que no he llamado a la policía porque si estoy aquí es por tu culpa.

Las venas del cuello de Logan van a explotar en cualquier momento, el señor Bratt sigue con sus pantalones escondidos porque no tranquiliza a su mujer.

—No sabes lo que dices, Logan.

—Sabes perfectamente que no has cuidado bien de mi hija en mi ausencia y ahora más que nada es el momento perfecto para decirles que voy a pelear por la custodia completa de Zoe.

—No… no puedes hacernos esto—Ahora llora.

—Claro que puedo y no vuelvas a hablarle así a la Dra. Roth en mi presencia o a referirte a ella de otra forma más que parte de la familia, mi familia.

—Logan—Intervengo para calmar la situación.

—Es por ella ¿Cierto?—Gruñe Zoila viéndome de pies a cabeza—Desde que la vi la reconocí. ¡Es por ella que dejaste que Azura muriera sola!

Oh, Dios mío.

—¡Sabes perfectamente que tu hija me alejó!—Le grita Logan y doy un paso hacia adelante al igual que él para quedar frente a frente con Zoila—Ella fue la que malditamente me alejó y ustedes… me alejaron de mi hija. No me dejaron ir ni al funeral de su madre, no estuve para el nacimiento de Zoe, me perdí sus primeros pasos y ahora aunque no pueda retroceder el tiempo y recuperar a Azura y estar con ella hasta el último día que le quedaba de vida, no voy a dejar que me quites a mi hija también.

Las lágrimas caen de mi rostro al escuchar las duras palabras de Logan, puedo sentir su dolor, su impotencia, su hija estuvo en peligro y no se encuentra bien. ¿Cómo es posible que digan amar tanto a su nieta si no la ha cuidado bien? Logan tiene razón, la culpa es de ella, aunque también lo culpo por haber confiado demasiado en ellos.

—Te vas a lamentar de haberme declarado la guerra, Loewen—¿Le está amenazando?—No me conoces todavía quién soy.

—Me hago una idea.

—Basta, Logan—Tomo su mano y lo traigo hasta mí. —Por favor, no es el momento.

—La Dra. Roth tiene razón—Ahora se digna en hablar el señor Stanton—Zoila, vámonos a casa, estoy seguro que ellos tienen todo bajo control, mañana será otro día y creo que podemos sentarnos a hablar, sobre todo eso de la custodia, Logan. Sabes perfectamente que amamos a Zoe.

Logan niega con la cabeza—Mejor váyanse.

—¡No voy a irme!—Grita su mujer de nuevo—Legalmente somos sus padres si hay alguien que tiene que irse son ustedes ¡Fuera!

—Sobre mi cadáver, Zoila.

—¡Logan, por favor!—Ahora soy yo la que le grita y eso lo hace reaccionar—Ya no más, no es momento.

Me giro ahora para enfrentar a una Zoila que quisiera sacarme los ojos y me sorprendo de querer hacer exactamente lo mismo y hasta más.

—Señora, sé que aquí soy un cero al izquierda y quizás me meta en lo que no me importa, pero como la doctora de Zoe le puedo decir que éste no es el momento ni el lugar para pelear.

Se trata de Zoe, y es verdad lo que dijo Logan, la niña no se encuentra bien de salud, el médico ha dicho que no se está alimentando bien—Cuando digo esto ella ve hacia otro lado, evadiendo verme a los ojos porque ha caído—No quiero juzgarla, pero ha sido el médico quien lo dijo; no nosotros, por lo tanto si tiene un derecho legal sobre ella, se lo puede meter por dónde más le quepa porque aunque no le guste, Logan es su padre y si alguien tiene derecho de estar aquí es él, no es ni usted, ni su marido o yo, es él.

—¿Cómo te atreves?—Sisea.

—Me atrevo porque amo a esa niña, seguro no más que usted, pero a las pruebas me remito. Y que sea la última vez que me llama «*Zorra*» porque después de ser una profesional, también soy mujer, y como tal puedo quitarle esos aires de grandeza que tiene y que cree que le dan el derecho para pisotear a los demás. No me conoce y no me querrá conocer.

—No debí llevar a mi nieta a ese centro—Dice enfadada y apretando sus puños, es increíble que ni su marido ni Logan intervengan—Desde que te vi te reconocí y estás en mi lista.

—No me amenace señora, porque ahora más que nada en el mundo voy a hacer todo lo posible para que Logan recupere a su hija y dele gracias a Dios que quizás él le permita verla de vez en cuando porque a diferencia de usted, él sí tiene corazón.

Se ahoga en su propio veneno y se da la vuelta, tomando de la mano a su marido como títere que es de ella, hace lo que le pide y se salen de la sala. No creo que lleguen tan lejos, después de todo, la muy culebra tiene razón, ella puede hacernos que nos saquen de aquí en un dos por tres porque legalmente no somos nada de Zoe.

—¿Estás bien?—Le pregunto a Logan que me ve todavía con los ojos bien abiertos.—¿Te sientes bien?

Sigue sin decir nada, me toma del rostro con sus manos y me acerca a su rostro con mucha necesidad para darme un beso casto. No puedo hacer nada, ni siquiera he cerrado mis ojos porque estoy tan asombrada como él por cómo le hablé a Zoila, pero alguien tenía que hacerlo.

—Por favor, dime que eres real—Susurra en mi oído—Gracias.

Sonrío para mis adentros y lo abrazo. No hay más nada qué decir, ahora tenemos que esperar, una larga lucha se nos viene encima, y lo que dije era cierto. Yo misma me voy a encargar de que todo salga como Logan lo quiere, o hasta mejor, y esta vez no me importa salir lastimada.

CAPÍTULO 25

Zoe duerme en casa de Logan, el abogado ha logrado que Zoe se quede unos días con él, el diagnóstico del médico ayudó mucho y también que algunos fueron testigos del escándalo que provocó Zoila cuando le dieron el alta a Zoe al siguiente día, actuó como una loca y eso fue motivo para que Zoe no estuviese con una mujer inestable como le hizo saber su marido y unos cuantos médicos. Tanto Logan como yo nos sorprendimos, parecía otra persona y no la madre abnegada que dice ser en cuanto a su nieta.

—Se ve tan hermosa cuando duerme —Susurra Logan detrás de mí.

—¿Hace cuánto llevas ahí? —Le acuso. Él estaba durmiendo en el otro sofá y Zoe se quedó dormida en mi regazo mientras mirábamos los dibujos animados.

—Un buen rato.

Veo por última vez a Zoe antes de salir de su habitación. Ahora que nos hemos quedado solos me siento extraña y nerviosa. Logan me ve como si quisiera desnudarme y yo se lo permito, le permito que me vea que se acerque y que me bese.

Porque eso es lo que está haciendo y es lo que yo necesito y me acabo de dar cuenta en cuanto he sentido su aliento en mi boca.

—Yo...Debo—Lo aparto sintiéndome culpable—Debo irme.
—Por favor—Susurra besando mis labios—Quédate.
—No puedo... yo.—Gimo sin sentido de culpa y esa es luz verde para que me tome de la mano y me conduzca hasta su habitación.
—Solamente quiero cuatro cosas está noche, Ellie.
—Dice mientras me conduce entre besos hacia su cama, la habitación sigue a oscuras y agradezco por todo lo alto que así permanezca, muero de la vergüenza ahora mismo, siento que es la primera vez que me encuentro así con él.
—¿Cuatro cosas?—Pregunto.
—Cuatro—Responde y me deja caer en la cama, ya mi blusa desaparece por encima de mi cabeza, la suya también y llevo mis manos frías a su duro pecho y lo acaricio. Está oscuro a nuestro alrededor pero sé que cierra sus ojos cuando siente mis caricias.
—¿Qué quieres de mí, Logan?

Mis pantalones se deslizan suavemente fuera de mi cuerpo y yo le ayudo a hacer lo mismo con los suyos, me lleva un poco de más tiempo porque me tiemblan las manos, pero lo consigo.

Logan toma mis manos para llevarlas por encima de mi cabeza cuando dice:

—Yo te hago mía de nuevo—Besa mi cuello y gimo—Tú gimes.

Faltan dos—¿Qué más?—Jadeo mordiendo sus labios.

—Te doy lo que quieras—Nos deshacemos de nuestra ropa interior y ahora ya no hay nada que nos impida hacer esa primera cosa—Y por último...nunca me dejes ir.

Lo siento entrando en mí y cierro los ojos abriéndome más para él, ignoro las lágrimas de felicidad y me aferro a su espalda mientras sigue entrando y saliendo suavemente de adentro hacia fuera como la primera vez.

—Logan... ¡Dios!

Regresa a mi cara y busco su boca con mucha sed y hambre de meter mi lengua dentro de su boca y que la acaricie con la suya. Rodamos en la cama, nos estorban las sábanas, las almohadas y nos deshacemos de ellas por el remolino que hacemos con nuestros cuerpos.

Mientras estoy sobre él, me muevo lento de adelante hacia atrás mientras sus manos llegan hasta mi cintura y empuja hacia arriba, haciéndome gritar y caer sobre su pecho.

Lo admito. Siempre sabe lo que hace.

—Dime que no te irás, nena—Me pide cambiando de posición, de nuevo me encuentro sobre mi espalda besando su cuello.—Dime que eres mía.

—Soy tuya, Logan... Dios, soy toda tuya ¿No lo ves?

—Dímelo—Me pide enterrándose en mí cada vez más rápido.—¡Dímelo!

Entonces recuerdo la primera vez que me hizo suya, mi primera vez con el hombre que siempre he amado desde que era una niña.

—Hasta que salga el sol, Logan.—Tiemblo debajo de él y gimo en su boca entreabierta—Hazme tuya hasta que salga el sol y nunca me dejes ir.

Si eso no era lo que él quería escuchar, debe de ser mejor lo que dije, porque ha empezado a alcanzar su punto de rebelión y ha caído sobre mí, besando mis labios y preparándome de nuevo para volver a hacer el amor.

Espero que el sol esta vez, esté de nuestro lado.

...

Abro los ojos y siento un pequeño cuerpecito apretarse contra mí. Me quejo un poco, pero luego siento un aroma del otro lado. ¡Dios! Toco mi cuerpo y ahora recuerdo que después de hacer el amor— hasta que saliera el sol—, ambos nos duchamos y me puse una camisa de él. Estamos salvados.

Beso la pequeña cabeza de Zoe que ha abierto sus ojitos grises como los de su padre y me sonríe.

—Buenos días, princesa.

—Mami—Susurra abrazándome y yo me he quedado sin poder respirar porque de nuevo me ha llamado mami.

—¿Tienes hambre?—Intento que no vea las lágrimas en mis ojos y ella asiente. Veo del otro lado y Logan está durmiendo boca abajo.

Ambas salimos de la cama, yo la llevo en brazos y ella va jugando con mi cabello. La primera cita de hoy es llevar a Zoe a un nutricionista, conozco a una muy buena, así que hoy de nuevo tendremos día de chicas. Busco entre la cocina algo nutritivo para Zoe, y algunos huevos con tocino para Logan cuando despierte.

—¿Cómo te sientes, cariño?—Le pregunto a Zoe que ha empezado a jugar con algunos juguetes cerca de la pequeña sala por la cocina—¿Te duele algo?

—No—Se limita a decir y sigue jugando—Mami, hame.

Mi corazón se derrite.

—Sé que tienes hambre, cariño. Estoy en ello.

Ambas nos sonreímos y mientras preparo el desayuno, enciendo el televisor con los dibujos animados. Zoe queda embelesada y se recuesta en un pequeño sofá que da perfecta visión a él y desde la cocina puedo verla mientras preparo el desayuno.

Termino de preparar los huevos y tocino y Zoe ya está comiendo su cereal, o parte de él, ya que tiene un ojo en sus dibujos animados y otro en el plato de su cereal.

—Cariño, comeré aquí contigo —Me siento en el suelo y le ayudo a comer —Pero me vas a prometer que harás una cosa a la vez ¿Bueno?

Ella asiente y ahora come al ritmo mío. Aunque yo casi no tengo hambre.

—Es hermoso despertarse así —Escucho la voz de Logan y tanto mis ojos como los de Zoe se iluminan— Escuchando sus voces, el sonido de la televisión y ese aroma delicioso.

Me levanto del suelo y me acerco a él para besar sus labios y abrazarlo.

—Buenos días ¿Has dormido bien?

—De maravilla.

—¡Papi! —Grita Zoe debajo de nosotros y ambos la tomamos en brazos y la aplastamos con nuestros cuerpos mientras la comemos a besos, ella se ríe a carcajadas y yo no puedo dejar de sonreír también. Ninguno de los tres puede.

Le dije a Logan mis planes con Zoe hoy y él me sorprendió en que tenía una reunión con su abogado, de nuevo estaba aquella mirada que no me gustaba en su rostro. Pero sabía que tarde o temprano confiaría en mí y me diría qué es lo que está pasando.

—¿Tú y yo estamos bien? —Pregunta con temor mientras nos despedimos de él antes de irnos con la doctora.

—Estamos bien, Logan —Beso sus labios y me sonríe de vuelta —Por favor, ten cuidado y trata bien a los demás.

Levanta una ceja —A veces se lo merecen.

—Hablo en serio.

—De acuerdo, nena —Abre la puerta para mí, ya Zoe se encuentra en su asiento y juega con su muñeca —Cuida de nuestra hija.

De nuevo el corazón se me desboca por eso y él lo nota susurrando en mi oído.

—No hagas esa cara cuando hoy de nuevo mi hija te ha vuelto a llamar mami y tú no la has corregido, la amas tanto como si fueses su madre, y yo te amo a ti.

—Te amo —Es lo único que puedo decir.

Cuando llegamos donde la doctora, no me dijo nada nuevo. El peso de Zoe estaba bajo, aunque su cuerpo no lo reflejara. Me dio una dieta rica en nutrientes y unas vitaminas y Zoe estaría más que sana con cada día que pasara. Me sentí feliz y lo único que quería hacer era decírselo a Logan. Después tuve que ir al Centro, Zoe jugaba tranquila y Logan seguía sin responder mis llamadas.

No quise insistir, seguramente esas juntas duran mucho tiempo o quizás estaba en casa de los Stanton, quería creer mejor en la primera.

Cuando dieron las cinco de la tarde, ya Zoe iba dormida en el asiento trasero. Recibí un mensaje de Logan que llegaría un poco tarde a casa y no discutí, a la hora que llegara teníamos que tener una conversación seria.

Amo a Zoe, pero Zoe también necesita de su padre por lo que no me gusta que se ausente por horas, aunque Logan dijo que sería solamente mientras se encargaba de la custodia.

Me decidí por llevarla a mi apartamento y no estar solas en esa enorme casa.

Mientras Zoe duerme su siesta que más que siesta quizás es cansancio debido a su condición, el timbre de la puerta suena y enseguida voy a abrirla.

—¿Colin?

—Dra. Roth—Se burla, saludándome—Te juro que mi visita es por negocios.

—Qué sorpresa, pasa.—Colin entra al apartamento y ve todo a su alrededor aprobándolo.

—Es hermoso lo que has hecho por aquí, me hubiera gustado que mi nueva amiga me llamara para quedar de nuevo. Sin dramas, por supuesto.

Me rio a carcajadas—Lo siento, he estado un poco ocupada, además no ha pasado mucho tiempo. ¿A qué debo tu visita?

—Directo al grano—Se sienta sobre el sofá y me invita a que me siente con él—Te he dicho que es de negocios, trae tu culo aquí, Dra. Roth.

Vuelvo a reírme y al mismo tiempo lo fulmino con la mirada. Veo que saca un par de papeles y me los da.

—Creo que olvidé de que firmaras estos también—Veo los papeles y se trata del contrato, pensé que lo había comprado, pero me doy cuenta que son de esos apartamentos que te pertenecen a largo plazo, lo que lo hace como tuyo de manera permanente o simplemente puedes rentarlo.

Lo veo por un segundo y una pequeña figura me distrae.

—Mami—Llama Zoe.

—Oh, tienes una hija—Dice Colin.

Zoe viene enseguida hacia mí y se acurruca en mi regazo. Seguramente está asustada porque no conoce el lugar.

Lo que me lleva a seguir viendo los papeles e ignorar la pregunta que me ha hecho Colin.

—Éste es Colin—Le presento a Zoe—Colin ella es Zoe... mi Zoe.

—Oh, pensé que era tu...

—Lo es—Le corto enseguida para que capte el mensaje—No te has equivocado, la pequeña Zoe es mi hija.

De pronto me da la nostalgia y Colin también parece conmovido. Zoe salta de mi regazo y juega a lo lejos con su muñeca. Colin y yo nos quedamos viendo y luego miramos a Zoe.

—Es de Logan—Le confieso—Él y yo... siempre nos hemos amado.

—Ahora lo entiendo, aunque es algo admirable que la nena ya te llame mami.

—Es una larga historia, quizás algún día te la cuente.

—Eso espero—Pone su mano sobre la mía y ese mismo instante la puerta se abre.

¿Cómo tiene llave? Y ¿Cómo sabía que estaba aquí?

—¡Papi!—Grita Zoe corriendo hacia Logan que ha empezado a apretar su mandíbula después de ver a Colin tomar mi mano.

Oh, demonios, que no vaya su cabeza terca hasta ahí.

—Hola, nena—Aun así me saluda, dándome un beso.

—Logan, él es Colin—Le presento—Colin, Logan…

—Su novio—Se apresura Logan en decir—Y padre de Zoe.

De acuerdo, está actuando de manera ridícula.

—Logan Loewen—Colin le tiende la mano— Debo decir que soy un fiel admirador.

—¿Solamente de mí?—Gruñe Logan, sacando al ogro celoso de su interior.

—Logan, Colin fue quien me vendió el apartamento.

—Arrendó—Me corrige Colin—Todavía no has firmado por cuánto tiempo lo vas a querer, aunque sería una lástima después de todo lo que has hecho por aquí.

—En realidad fue también mi cuñada.

Logan pone en el suelo de nuevo a Zoe y ella ahora corre a jugar con el control remoto del televisor de la sala. Ni siquiera yo sabía que se podía encender desde esa distancia. Niego con la cabeza riéndome y las miradas que se están dando Colin y Logan no me gustan para nada.

—¿Así que eres agente de bienes raíces?— Interroga Logan a Colin y éste se pone nervioso y asiente—Pensé que eras su… cita o algo como la última vez.

Lo sabía, su mente va a acabar con él.

—Yo... lo siento—Tartamudea Colin—Creo que mejor me voy.

—Te acompaño, Colin.

—Creo que puede llegar solo, nena—Logan toma mi cintura y me atrae hacia él.

Colin parece que quisiera salir corriendo y toma su chaqueta, se despide con un gesto de mano de mí y de Zoe y se va. Eso fue grosero.

—Logan—Me alejo de él y lo veo para regañarle—Eso no fue amable, la culpa es mía por haber mentido esa tarde, Colin tiene novia o novio.

—Es igual, sigue siendo hombre.

Me rio—Eres un exagerado.

—No, señorita—Vuelve a tomarme de la cintura y me besa—Tú tienes la culpa ¿Puedo ver esos papeles?

—Sí—Regreso a la pequeña mesa y los levanto, cuando voy a dárselos retrocedo—¿Cómo sabías que estaba aquí y cómo tienes llaves?

—Te conozco, sabía que no ibas a querer estar sola en casa—Me tiende la mano pero yo todavía espero la respuesta de mi otra pregunta—Y sobre lo otro, tenías dos llaves de más en tu llavero.

—¿Y?

—Nena, no voy a disculparme por tomar las llaves de aquí—Se encoje de hombros como si fuese lo más normal que meta sus narices donde no lo llaman—Cruzando esa puerta se encontraba las dos personas más importantes de mi vida, así que no voy a disculparme, estoy en todo mi derecho.

—Serás testarudo, Logan Loewen.

Me rindo y le doy los papeles, sigo sin entender para qué los quiere ver, no sé si lo vaya a rentar por mucho tiempo, ahora pasaré más en su casa que en mi apartamento y conociéndolo no querrá dejarme ir nunca.

Después de que el señor celoso y entrometido revisara los papeles, me metí a la cocina y preparé la cena, Zoe devoró toda su comida y se quedó dormida horas después. Yo mientras tanto estaba limpiando un poco la cocina, me sentía nerviosa y aunque ahora era la mujer más feliz del mundo, una realidad de mi pasado quería jugármelas muy mal cuando sentí los besos de Logan en mi cuello.

—¿Y Zoe?

—Sigue durmiendo—Responde trazando más besos.

—¿Podemos hablar?

—Justamente venía a proponértelo.

Me seco las manos y nos sentamos en el sofá, me siento un poco aturdida todavía por mis propios pensamientos que me siento un poco lejos de él y llevo mis rodillas hasta mi pecho. Logan frunce el cejo pero no dice nada.

—Jamie solamente logró que Zoe se quedara conmigo una semana más.

—¿Jamie?

—Mi abogado, es un viejo amigo y es uno de los mejores abogados de Londres.

—¿Por qué solamente una semana?

—Ahora que los Stanton saben que estoy con todo, ellos también han movido sus fichas. —Veo que se empieza a desesperar al recordar esa reunión— Me han dejado como un maldito mujeriego, inestable, una maldita celebridad que no podrá ser capaz de criar a su propia hija.

—Eso no es cierto, tú no… tú no eres ya así— Enarca una ceja, su reputación como un mujeriego y campeón mundial, son dos títulos que lastimosamente siempre han sido parte de él. Es un ganador de la copa NASCAR por más de cinco años consecutivos, pero mujeriego estoy seguro que dejó de serlo desde hace mucho tiempo. A no ser que estos últimos dos años haya regresado a las andadas.

—Sé que si te digo que solamente he estado con las mujeres que cuento con los dedos de una mano y me sobran durante estos dos años sin ti, no me creerías; pero es cierto.

—Pensar en que has estado con otras mujeres no me afecta, Logan. Yo también…

—No.lo.digas—Sisea cerrando sus ojos—No lo digas, nena.

—Lo siento—Me acerco un poco a él y tomo su mano en mi regazo— ¿Qué más te dijo?

—Que los Stanton no se quedarán con los brazos cruzados, Zoe es el único recuerdo que tienen de su hija y puedo entenderlo. También me salió con la jodida jugada de que son un matrimonio sólido y tiene un hogar estable, por lo que yo llevo las de perder.

Entre más escucho a Logan hablar, mi mente solamente se queda estancada en una palabra.

Hogar sólido.

Hogar.

Se me escapan un par de lágrimas al sentirme emocionada por lo que voy a decirle, debo de estar loca. Pero es lo que tenemos que hacer, no será tan diferente, ya hemos vivido esto antes—casi—pero creo que podemos lograrlo, por Zoe, por nosotros y por un nuevo comienzo.

—Hagámoslo—Digo y deja de hablar, puedo ver en sus ojos que quiere lo mismo pero tiene miedo de mi reacción.

—¿Hagamos qué?

—Si me conoces sabes a lo que me refiero.

Ahora es él, el que no dice nada.

En cambio su quijada tiembla y me echo en sus brazos a llorar, no sé por qué lo hago, pero lo hago y más al sentir su corazón que va a mil por hora.

—¿Nena, tú... tú estás hablando en serio?— Asiento—¿Quieres... quieres que seamos una familia? Pensé que no estabas lista, que era demasiado para ti y...

—Siempre has sido mi familia, Logan—Acaricio su rostro y su barba de dos días, se ve tan guapo.

—Y Zoe es parte de nuestra familia ahora, estoy dispuesta a irme a vivir contigo, hacerle saber a los Stanton que Logan Magic Loewen es un padre de familia, un novio, y un hombre de hogar. No vas a negármelo ¿Verdad?

—¡Joder!—gruñe besándome y dejándome sin aliento—De ninguna jodida manera te iba a dejar ir, nena. Pero tenía miedo que fuese demasiado para ti, no quiero que te sientas utilizada.

—Jamás me he sentido así, te lo he propuesto yo primero, genio.

—Te amo, Ellie.

—También te amo, Logan.

CAPÍTULO 26

Mientras los días pasaban, cada día me sentía más decidida, iba a hablar de mi pasado con Logan, a lo que temía.

No ser perfecta para él.

Mi hermano, Bridget y mi sobrino se reunieron con nosotros anoche en la casa, o nuestra casa. Mi hermano amenazó a Logan, pero vi el brillo de felicidad también en sus ojos. Estaba también feliz por mí. Era mejor de cómo lo fue antes, porque ahora la familia había crecido.

—Hoy vendrán mis padres—Me sorprende Logan—Quiero que pasen tiempo con Zoe, solamente la han visto un par de veces. De hecho estarán aquí en cualquier momento.

¿¡Y me lo dice hasta ahora!?

—Logan, eso es maravilloso, pero ¡Qué nervios!

La primera y última vez que los vi no fue precisamente algo agradable, recuerdo que no me fiaba mucho de ellos pero era porque Logan me hablaba de ellos de una manera mezquina, supongo que simplemente me dejé llevar, les daré la oportunidad que se merecen, después de todo son los padres de Logan y los abuelos de Zoe.

Mientras estamos en el jardín viendo a Zoe jugar con su nuevo juguete inflable, no deja de sacarnos sonrisas.

—¿Puedo preguntar cómo es tu relación ahora con ellos?

—Casi nada ha cambiado, pero les estoy agradecido porque si ellos no me hubiesen dicho de que Zoe existiera yo... no lo sé.

—Cariño, eso es genial—Lo abrazo.

—Si tú me diste una oportunidad sin merecerla—Me ve con nostalgia—Yo quiero dárselas a ellos... por ti, por nosotros. No sé lo que vaya a pasar, mañana tengo el primer juicio familiar y realmente necesito todo el apoyo.

—Todo va a salir bien—Lo beso—El juez sabrá tomar la mejor decisión y ésa es que Zoe esté con nosotros.

—Una vez la recupere será una Loewen, no es que no lo sea ya—La ve por un segundo que no para de brincar y sonríe.

—Te amo.

Me atrapa viéndolo con cara de enamorada y besa mis manos. Lo mío puede esperar, no quiero angustiarlo. De nuevo la inseguridad está traicionándome como si fuese una chiquilla todavía y Logan se da cuenta.

—Has estado muy callada estos días, nena.

—Solamente estoy cansada.

—¿Te gusta vivir aquí?—Pregunta—Puedo cambiar lo que quieras y puedes decorarla a tu gusto, incluso podemos comprar otra más grande.

Es tan tierno.

—Es perfecta, es solamente que en el centro las cosas no van bien, pero pronto todo se arreglará.

—Lamento eso.

—También yo —le doy un beso casto y me dirijo al interior de la casa. Mis lágrimas se derraman ya por mi rostro y las limpio enseguida. Tengo que ser fuerte, Logan lo entenderá y me aceptará. Yo todavía sigo superándolo y yendo a terapia. Fue hace un año pero a diario lo sigo recordando.

—Nena, estaba pensando que...

Se detiene al verme que estoy limpiando bruscamente mis ojos. Su mirada es de puro espanto, hace uno minutos estábamos riendo como una pareja de recién casados y ahora parece que acabara de perderlo todo.

—¿Por qué lloras, Ellie? ¿Qué sucede? —Se acerca para abrazarme y yo intento sonreírle, fallando rotundamente.

—Estoy bien, es sólo cansancio.

—Ellie, mírame —Me pide, pero toma mi rostro con sus manos— No mientas y dime qué tienes, nena. Estás asustándome.

—Estoy bien, te lo prometo es sólo que todo es irreal y me da miedo de... perderlos.

—No vas a perdernos, te prohíbo que pienses así, Ellie. ¿Dónde está mi Ellie fuerte?

A veces pienso que se queda en su oficina todos los días para ser solamente fuerte con sus pacientes y no con su vida.

—Lo siento —Lo abrazo— Lo siento tanto.

El momento es interrumpido cuando escuchamos el timbre de la puerta. Limpia mi cara y me hace sonreír cuando me hace cosquillas y me carga fuera de la cocina. Toma mi mano y ya la pequeña Zoe se nos une, seguramente sabe que hoy tenemos una visita especial para ella.

Logan abre la puerta y veo a una pareja tomada de la mano y que nos sonríen con lágrimas en los ojos. Creo que también voy a llorar.

—Mamá, papá—Logan abre más la puerta y ellos entran. Su madre es la primera en abrazarlo y Logan hace lo mismo, después su padre y juro por Dios que esta vez es diferente su encuentro. —¿Recuerdan a Ellie?

—Por supuesto—Su madre me sonríe y me abraza—Qué bueno que estés de regreso, querida.

—Señora Loewen—Continúo abrazándola—Lo mismo para usted, por favor siéntase como en casa.

—Por favor, llámame, Steela.

Unas manitas aprietan mis piernas y ambas vemos hacia abajo, todas las miradas van directo a mí cargando a Zoe en brazos y besando sus mejillas rosadas. La madre de Logan se lleva la mano a la boca y solloza riendo, su esposo la abraza y Logan me sonríe de vuelta conmovido.

—Zoe, ¿Recuerdas a tus abuelos?—Le ánimo y ella los ve tímida—Ellos son los padres de papi.

Steela es la primera en tenderle los brazos y Zoe se abalanza sobre ella, es increíble que se sienta cómoda a pesar de que son quizás unos extraños para ella.

—Has crecido mucho—Steela la abraza y continúa llorando—Oh, mi bebé eres hermosa como tu padre.

El padre de Logan me ve con nostalgia y yo asiento con la cabeza, es igual que Logan, grandes ojos grises y cabello canoso café.

Un hombre que cuando era joven ha de haber roto algunos corazones con esa mirada que tiene. Al contrario de su esposa y madre de Logan. Steela es una mujer sencilla pero a la vez elegante, de cabello rojizo y ojos verdes, si hubiesen tenido una hija seguramente sería tan hermosa como ella.

—Veo que has hecho un buen trabajo con ella— Casi me asusto cuando el padre de Logan llega a la cocina, mientras todos siguen en el jardín, Zoe juega con su abuela y Logan ríe viéndolas.

—¿Lo sabe?

—Logan habla más conmigo que con su madre para no agobiarla, sé lo que has hecho con mi nieta, es admirable que te mantengas en pie después de todo lo que pasó entre ustedes, no debo ni imaginármelo.

—Supongo que no hay vuelta atrás y si nada de eso hubiese pasado, yo seguramente no estaría aquí, es así cómo es la vida.

—Injusta muchas veces.

—Exacto—Me rio y él me hace un guiño.

—Eres lo que siempre he querido para Logan— Me conmueve cuando dice eso—No es que Azura no haya sido una buena mujer para él, pero arrastró a Logan a un mundo sin vida así como ella estaba muriendo poco a poco, lo estaba haciendo con Logan.

Es lamentable lo que pasó, nunca quisimos eso para él, ni para ella pero ahora puedo entenderlo—Ve por un segundo a su esposa a lo lejos—Yo tampoco me iría de su lado.

—Señor...

—Timothy —Me interrumpe —Llámame Timothy.

—Timothy, conozco esa historia bien, todo lo que pasó, al menos Logan no mintió en esa parte de que todos querían apartarlo de Azura, pero ya no tiene que castigarse por ello.

Se queda en silencio y veo que mueve la nuez de su garganta.

—Puedo ver que todavía se culpan por haber permitido que lo separaran de ella, todos merecemos despedirnos.

Yo lo hice con mis padres de una manera diferente, ellos iban a un viaje y nos despedimos en el aeropuerto sin saber que jamás regresarían.

Yo no puedo entender su dolor como padres, pero como hija puedo entender que quieran el bien para él. Quizás no todo fue culpa de ustedes, ahora lo sé, porque he conocido la otra versión y a los Stanton, Zoe merece estar con Logan.

Ahora me sonríe y se quita la lágrima de su mejilla que ha caído por mis palabras.

—Quiero que sean parte ustedes también de la vida de Zoe, no importa lo que diga Logan, los quiero ahí, en cada reunión familiar, acto escolar, clases de ballet o lo que ella elija, no voy a permitir que Zoe lo pierda todo.

Escucho los sollozos de una mujer y me sorprendo que Logan junto a Steela hayan escuchado nuestra conversación. Ahora soy yo la que quiere llorar, pero me contengo. Steela avanza hasta llegar a mí y me abraza.

—Gracias.

—No la dejes ir esta vez—Escucho que le dice Timothy a Logan—Esta vez patearé de verdad tu trasero, hijo.

—No lo haré, papá.

Los padres de Logan se quedarían por el resto de la semana, lo que Zoe tenía para quedarse con nosotros. Se instalaron en casa y cada rincón se llenaba cada vez más, de anécdotas, recuerdos, pero sobre todo, el perdón. Ése por fin había llegado para Logan y en varias ocasiones vi que abrazaba y acunaba a su madre.

Steela me ayudaba con Zoe mientras iba al centro por unas horas, al regresar a casa era la mejor sensación de todas.

El primer juicio había ido bien, aunque podía jurar que Zoila cada vez me odiaba más.

Acompañé a Logan junto con sus padres a la sala civil de casos de familia y juro que sentía que cada parte de mí se sentía nerviosa cada vez que escuchaba hablar a los abogados de los Stanton atacando a Logan por cualquier movimiento que hiciera.

Me daba miedo de que cualquier error que pudiese cometer, ellos lo tomarían en su contra. Ahora la prensa sabía de nuestra relación e incluso empezaron a acampar a los alrededor de nuestra casa para hacerle un par de preguntas fuera de lugar.

Dean estaba metiendo sus manos para ayudar también, aunque no quería decirme de qué se trataba.

—Zoe subió dos kilos esta semana—Le digo a Logan muy feliz—La he visto con más energía, es increíble que se esté por fin recuperando.

—Espero que continúe así.

—Le he mandado todas las instrucciones sobre la dieta de Zoe a Zoila—Hago una mueca pronunciando su nombre—Ha prometido cuidar de ella, de hecho parecía convincente aunque no me fío de ella, tendré que hacerle llamadas a cada hora de la comida para asegurarme de que Zoe esté comiendo bien.

De hecho Zoila me dijo que podía visitarla cuantas veces quisiera y hasta se disculpó por lo que pasó la última vez. Llámenme loca, pero no confío en ella todavía.

Logan me ve y no dice nada—¿Qué?

— ¿Desde cuándo te convertiste en la mejor madre de todas?

Me da pena—Desde que tú me lo permitiste.

Se arrastra sobre mí y empieza a besarme. Mi burbuja se rompe y lo aparto un poco brusca.

—Ellie—Gruñe enfadado, sé que lo ha notado

—Desde que vivimos juntos solamente hemos hecho el amor una vez y no pude ver tu rostro en la oscuridad, sabes que amo verte cuando te corres.

Oh, cielos. Va a matarme.

—Lo siento, he estado un poco…

—Cansada—Corta.

—No te enfades.

—No estoy enfadado pero no quiero pensar que ya estamos como esas parejas que se volvieron aburridas de la noche a la mañana.

—No digas eso—Lo abrazo—Sabes que te amo, te prometo que pronto estaré lista para ti. Hay algo de lo que quisiera hablarte antes y no sé cómo decírtelo.

—¿Estás embarazada?—Pregunta incorporándose como resorte y buscando mi expresión.

¿En verdad piensa que se trata de eso?

Ojalá fuera eso.

—Lamento decirte que no se trata de eso—Ahora aquel rostro lleno de decepción que tuve yo hace dos años, la tiene él.

—¿Entonces qué es, Ellie?—Ahora está enfadado—No se trata solamente que no hemos hecho el amor, también has estado distante, lloras a escondidas y no trates de negármelo en la cara porque sabes que tengo razón. Quiero pensar que soy yo el que tiene la culpa por hacerte parte de toda esta pesadilla y que no me estés ocultando nada, bastante tengo ya como para tener que lidiar contigo ahora.

Wow.

Aparto la mirada de la suya y me levanto de la cama, me cierro con llave en el baño y me meto a la ducha. Ni siquiera voy a llorar, pero cuando siento el agua correr por mi cuerpo es inevitable no poder hacerlo.

Quizás él tenga razón. Y no puedo decirle lo que realmente me pasa, no podrá entenderlo nunca, y si no puede entenderlo... simplemente no podemos estar juntos.

—Ellie—Llama a la puerta—Nena, lo siento no quise decir lo que dije.

Salgo de la ducha y peino mi cabello, lavo mis dientes antes de salir. Logan sigue de pie en la puerta y lo ignoro.

—Nena, lo lamento.

—Has dicho lo que pensabas, Logan. No te lamentes de ser realmente lo que eres.

—¿Qué se supone que soy?

Lo encaro y no se inmuta de mi cercanía—¡Un egoísta!

—¿Egoísta?—Pregunta levantando sus cejas—Te he estado preguntando estos días qué es lo que te pasa para que estés tan distante y yo soy el egoísta.

—Olvídalo, Logan. No podrás entenderlo de todas maneras.

Busco rápido mi ropa y vuelvo entrar al baño para cambiarme, lo hago más lento de lo normal para esperar que ambos nos calmemos, pero no está funcionando, no se trata de él, se trata de mí, soy yo la egoísta no él. Pero necesito que se enfade ahora mismo para no tener que lidiar ahora yo con ello.

Salgo de nuevo y sigue en la misma posición. Realmente quiere hablarlo ahora, pero se me hace tarde.

—Es sobre otra persona ¿Verdad?—Susurra sentándose ahora en la cama y yo me detengo en seco por haberlo siquiera pensado—He visto en tu libreta hoy, tienes una cita. No puedes negarlo esta vez.

— ¿De qué estás hablando?

—Tú y Colin, tienen una cita hoy.

Lo mato, esta vez lo mato.

—¿En serio piensas eso?—Lo encaro ya sintiendo que las lágrimas de la cólera que se escuecen en mis ojos— ¿En serio piensas que soy de las que corren en brazos de otro cuando las cosas se ponen difíciles?

—No lo sé—Se pone de pie y me reta—Ya lo hiciste una vez.

CAPÍTULO 27

La palma de mi mano va a dar directamente a su rostro, pero esta vez es más veloz que yo y la atrapa, su agarre es bastante fuerte para no dejarme ir hasta que responda a su pregunta no formulada.

¿En serio piensa que lo engaño y que por eso no quiero estar con él y que solamente lo estoy por Zoe?

Oh, mi amor si tan solo pudiera decirte.

—Te recuerdo que no fui yo la que huyó—Siseo con los ojos cerrados—Yo te amé todavía buscando olvidarte en otros brazos, Logan. No puedes seguir viviendo en el pasado porque tú me has hecho olvidar esa parte de mi vida, no hagas que te odie por echármelo en cara ahora de haber buscado la felicidad que tú destruiste.

—Entonces dime—Me suelta la mano para tomar mi cintura y acercarme a él—Dime qué es lo que te está pasando que te está alejando de mí. ¿Para qué quieres verte con Colin? Le he comprado el jodido apartamento para ti y he firmado un sinfín de papeles, no me gusta cómo te ve ni lo confianzuda que eres con él, no soporto verte con otros hombres, no ahora que te he recuperado.

—Logan, ¡Basta!

Deja de tocarme y me alejo un poco. ¿Ha comprado el apartamento? Es por eso que Colin ha insistido en que nos viéramos y tomemos un café, también me dijo que quiere presentarme a su pareja, aunque no sé si se trata de un hombre o de una mujer. Lo que dice Logan y lo que piensa es ridículo. No hay otro hombre en mi vida, solamente él, siempre ha sido él.

—¿Compraste el apartamento?

Asiente con la cabeza.

—¿Por qué?

Se levanta de la cama y va hacia el escritorio de la esquina, nunca me ha dado por ver dentro de las gavetas, pero sé que Logan guarda cosas importantes ahí y en su despacho. Saca un par de papeles y un juego de llaves que brillan de nuevas y se acerca a mí.

—Lo compré para ti—Toma mi mano y me lleva hasta la cama, ambos nos sentamos y pone el folder en mi regazo—Me voy a equivocar muchas veces como lo hice ahorita que te juzgué de esa manera, nena. Y vas a querer huir de mí cada vez que te enfades, vas a mandarme a la mierda, tomar a Zoe en brazos y salir corriendo porque hasta eso te he enseñado yo.

No digo nada y veo el folder que tiene un par de gotas de mis lágrimas ya en él.

—Si tienes que verte en la necesidad de salir corriendo, hazlo. Pero que sea a un lugar donde tenga yo la llave y poder entrar para poder ir a arrodillarme, pedirte perdón y hacer que regreses a mi lado.

Besa mi sien, se levanta y se dirige a la puerta, lo veo cuando la cierra y sin limpiarme las lágrimas de mi rostro abro el folder.

El apartamento está a mi nombre y veo que no es el nombre de Colin, en su lugar es el nombre de una mujer, pero seguramente de eso era lo que quería hablarme también mi amigo.

Tan celoso está de él que no se lo compró directamente a él. Mintió cuando dijo que se lo compró. Eso me hace reír y me levanto de la cama para dejar los papeles dentro del cajón.

Tomo las llaves y también las dejo ahí adentro junto con las viejas mías, quizás nunca necesite huir.

Salgo de la habitación una vez estoy presentable y bajo. La madre de Logan tiene el desayuno preparado y Zoe está ya devorándolo.

Mantengo una pequeña conversación con mi suegra y veo a los dos hombres de su vida hablando a lo lejos por la piscina.

—¿Estás bien, querida?

—Sí, solamente tengo un día de esos.

—Ya me lo puedo imaginar—Ve a su hijo y creo que sabe que se trata de él—Está demasiado estresado, no dejes que esto los distancie, tienen que estar más unidos que nunca.

—Lo sé, Steela—Aquí va el llanto de nuevo—Es mi culpa que estemos así.

—¿Hay algo en lo que pueda ayudarte?

—Ojalá pudieras, pero me temo que es algo que debo solucionar de inmediato, no necesitamos esto ahora, Zoe nos necesita fuerte.

Me despido de ella con un fuerte abrazo y otro de Zoe que ve los dibujos animados, le prometo llegar temprano a casa para pasar tiempo juntas antes de que sus abuelos regresen por ella, solamente espero que todo salga bien y que no le afecte.

Pero qué digo, por supuesto que tiene que afectarle, ha estado más sonriente que nunca mientras estuvo con nosotros.

...

Veo el reloj y tomo mis llaves antes de salir de mi despacho. Colin me espera en el café, no pude cancelarle ya que me dijo que era urgente verme y que necesitaba de una amiga.

Cuando llegué al café Colin estaba hecho un lío.
Se había peleado con su pareja, a pesar de tener un trabajo estable en Toronto no tenía muchas amistades por lo que conocerme era una de las mejores cosas que le habían pasado. Le he contado que las cosas entre Logan y yo no están bien aunque no he indagado mucho el tema, ya que hasta para mí es difícil hablarlo todavía.

—Estoy jodidamente molesto contigo también— Bebe de su café—tu novio le compró el apartamento a la zorra de la oficina, me perdí de una buena comisión.

—Lo siento por eso.

—Me tengo que ir—Ambos nos levantamos y me da un fuerte abrazo—Gracias por venir, ve y dile a tu novio que no tiene de qué preocuparse, o mejor dile que no nos vimos hoy, quizás se ponga más tranquilo.

—No creo que sirva de mucho pero lo intentaré.

Ambos entramos a nuestros respectivos coches y conduzco directo a casa, Dean también estará ahí, todos queremos darle una linda noche a Zoe antes de irse a casa y espero que para el próximo juicio sean buenas noticias y nunca más se vaya de nuestro lado.

Mi móvil suena mientras voy camino a casa y se trata del hombre que tiene mi corazón entero en sus manos, Logan.

—Nena —Suspira— Te amo.
—También te amo —Sonrío— Odio discutir.
—¿Dónde estás?
—Voy a casa, ¿Ya llegaron todos?
—Sí, solamente faltas tú. Zoe está un poco ansiosa.
—Lo sé, pude ver algo de eso hoy por la mañana —Giro el volante y freno en seco cuando un fotógrafo se mete en el camino— Logan, tengo que colgar, un par de fotógrafos no han dejado de seguirme.
—Mierda —gruñe enfadado— Por favor, ten cuidado y ven a casa.

Ignoro el auto que no deja de tomarme fotografías y tomo otra calle hasta perderlos. Me relajo al ver que estoy por llegar a casa y distingo ya los autos afuera en el redondel que da la entrada a la inmensa casa que compartimos Logan y yo con nuestra hija.

Al momento en que me bajo del auto, siento un nudo feo en mi estómago y me detengo asustada, es la misma sensación que sentí cuando mis padres murieron. Lo que me indica que algo malo va a suceder. Pienso en que quizás son los nervios y el estrés y me obligo a entrar a la casa.

Zoe sale corriendo hacia mí y me dan ganas de llorar cuando lo hace. Le sonrío aun con los ojos aguados y ella regresa a jugar con Ethan. Todos están aquí y me ven un poco preocupados. Deben de saber que me siento terrible al saber que hoy nos despediremos de Zoe y que quizás nunca la volvamos a tener por mucho tiempo con nosotros.

—Hola, pequeña torpe —Dean me abraza y hundo mi cara en su pecho para abrazarlo fuerte— Hey, tranquila. Todo va a salir bien.

Lo amo, sabe que me siento terrible.

—Deja a mi novia, Dean—Le advierte Logan—Creo que ya la tuviste bastante tiempo para ti.

Me rio y busco sus brazos para nuestra reconciliación. No pude despedirme de él esta mañana y lo extrañé demasiado.

—Hola—Lo aprieto más a mí—¿Cómo estás?

—Cada vez que te veo siento que estoy soñando, nena. Estoy bien ¿Qué tal tu día?

—Normal.

—¿Viste a Colin?—Pregunta enseguida y no me sorprende que lo haga.

—No—Me odio por mentir, pero quiero alejar su cabeza de todos los celos posibles. Mi mentira funciona y besa mis labios.

Me reúno con los demás y pasamos una agradable tarde y poco de la noche con Zoe, ella ríe y juega con mi sobrino que ahora me ha ignorado por completo y me siento un poco celosa. Veo a toda mi familia, nuestra familia y el hogar que queremos formar y que por algunos días hemos logrado hasta llegar hasta este día que tarde o temprano sabía que pasaría.

No quiero llorar, pero sé que cuando Zoe salga por esa puerta en los brazos de su abuela, temo que sea para siempre, Logan intenta ser fuerte y yo también, pero ambos sabemos que tenemos el mismo miedo.

En el juicio hay ventaja por igual, y ser parte de su vida ha ayudado mucho, ahora lo que menos queremos es un escándalo que pueda a venir a arruinarlo todo. Los Stanton han lanzado unos cuantos golpes bajos diciendo que Zoe no merece crecer en un ambiente de celebridad y no es así.

Somos personas normales, ni siquiera necesitamos guardaespaldas o esas cosas que necesitan las personas famosas. A pesar del éxito de Logan siempre ha mantenido su vida privada fuera de todo el escándalo, es por eso que hasta el día de hoy no saben absolutamente nada sobre Azura aunque sí de su hija, aunque no mucho porque no ha pasado con él por largas temporadas.

No contamos con servidumbre tampoco, solamente lo básico cuando Logan salía por largas temporadas y dejaba la casa sola.

Casi no he tocado mi comida y Logan tampoco aunque me obliga a hacerlo, apenas llevo dos bocados a la boca y le riño que no quiero comer.

Todos ríen vernos discutir, incluso Zoe se burla de su padre.

Aunque todos estén sonriendo, yo no dejo de ver el reloj, Zoila será malditamente puntual. Logan y yo jugamos con Zoe, Bridget aprovecha en tomar fotografías, ha estado haciéndolo durante toda la noche y no se cansa, ni yo tampoco, quiero que cada momento sea capturado.

Hasta que escuchamos el timbre de la puerta.

—Yo abro—Dice Timothy.

Me aferro a la mano de Logan y Zoe se queda con nosotros. Timothy abre la puerta y los Stanton fingen una gran sonrisa cuando entran, el ambiente se siente hostil y yo no puedo sonreír más.

—¿Estás lista, Zoe? —Dice Zoila a Zoe.

Mi Zoe sigue aferrada a mis brazos y niega con la cabeza.

Oh, Dios, dame fuerzas.

—Danos unos minutos más, Zoila—Le dice Logan, fingiendo amabilidad—Deja que se despida de todos.

—Tienes diez minutos, un vuelo nos espera mañana temprano.

—¿Vuelo?—Reacciono desesperada.

—Vamos a llevar a Zoe a Disneylandia.

El paraíso de todos los niños, Zoe ama a las princesas, seguro la pasará bien. Así que no me alarmo, pero a juzgar por el rostro de Zoe, que hayan nombrado Disney no le alegra nada.

—Vamos, cariño—Le digo—Vamos a despedirnos.

Todos se despiden de Zoe y Ethan ha cambiado su carita de inmediato porque sabe que su ahora mejor amiga se va. Logan se queda hablando y controlándose a sí mismo mientras está con Zoila y Bratt, parece que discuten y Zoila finge una sonrisa a los demás. Nadie ha dicho nada, solamente se limitan a abrazar y besar a Zoe y decirle que se divierta mucho en Disneylandia.

Cuando pongo a Zoe en el suelo ella hace su pataleta, la misma que hacía cuando la conocí y Zoila empieza a perder la paciencia. La puerta se abre y veo a un hombre trajeado familiar, el abogado de los Stanton.

—¿En serio?—Espeta furioso, Logan—Debes estar jodidamente bromeando para venir a traer a mi hija en compañía de tu abogado, Zoila.

—Era por si te negabas a hacerlo.

—Por favor, no hagan esto más grande, no es sano para Zoe.

—¡Mami!—Grita Zoe—¡Papi!

—¿Por qué te dice mamá?—Dice Zoila atontada.

—¡Tú no eres su madre!

El momento se vuelve peor cuando Dean interviene para que el abogado no se meta, es algo familiar y me temo que Zoila empezará con otra de sus locuras porque ha escuchado que Zoe me ha llamado «*mamá*».

—Porque lo es—Responde Logan—Ella ha cuidado de Zoe más que tú.

Ahora Zoila se ríe—Vamos, Zoe. No tengo tiempo para esto.

—Nena—Acaricio la mejilla de Zoe—¿Recuerdas lo que hablamos?

Ella asiente—Casa, familia—Responde entre sollozos—Todo iá bien.

—Todo irá bien—Le sonrío como puedo—Somos una familia, tus abuelos te van a llevar a Disneylandia ¿No quieres conocer a las princesas?

—Sí.

—Entonces prométeme que te la pasarás bien y te tomarás muchas fotos que luego me mostrarás, aquí estaremos esperándote, princesa. Sabes que te amamos.

—Princesa—Logan la abraza—Escucha lo que dice mamá, te amamos, todo estará bien, te prometo que cuando regreses, volveremos a hacer otro viaje todos juntos. ¿Sí?

Zoe se limpia sus grandes lágrimas y asiente—Sin llorar, princesa. Te amo.

—Amo—Responde ella y lo abraza.

Zoila la toma de la mano y Bratt como el cobarde que es, no intervino en que su esposa cerrara el pico.— Haznos un favor y cuida de mi hija por primera vez en tu vida mientras esté con ustedes—Le dice Logan y Bratt me ve a mí—Porque será la última vez que la tengan por tanto tiempo.

Logan cierra la puerta y ya no hay que seguir fingiendo. Ambos nos abrazamos entre sollozos y nos quedamos así por todo el tiempo que sea necesario para no sentir el vacío y el miedo de volver a perder a alguien que amamos.

CAPÍTULO 28

Hoy llamé a Zoila y no me cogió el móvil. Intento calmarme pero nada parece funcionar. Logan ha estado un poco callado desde anoche, Dean y Bridget se fueron anoche bien tarde, lo hacen desde hace cuatro días que Zoe se fue. Y los Loewen se irán hoy.

Dentro de dos semanas es el último juicio y cada hora que pasa nos parecen eternas y nuestra familia está con nosotros para darnos el apoyo que necesitamos, pero debo decir, que ver a Logan así está empezando a afectarme.

—Ellie, no vamos a irnos si continúa así, desde que Zoe se fue apenas ha dicho tres palabras.

—Hay que darle un poco de tiempo, no es fácil para nadie nada de esto, esperemos que todo termine pronto.

El timbre suena y ya Timothy abre la puerta, Dean y Bridget han llegado con el pequeño Ethan dormido.

—Lo pondré en la habitación —Dice Bridget cuando besa mi mejilla.

Logan está viendo los noticieros, hoy casi no comió y cuando me acerco apenas me sonríe, le digo que lo amo él también me dice que me ama y me pide perdón porque sabe que está muy lejos de mí en estos momentos.
—No tengo nada que perdonarte.
—Sé que sientes que me estás perdiendo a mí también, pero te prometo que pondré mi cabeza en orden. Te necesito.
—Yo también te necesito, no voy a presionarte pero si quieres llorar, hazlo conmigo, cariño.
—Te amo.
—Parece que los escándalos siempre van a ser parte del gran Magic Loewen —Una voz en la televisión llama la atención de todos
—Pero esta vez se trata de su novia, la heredera de Roth Architects, la Dra. Danielle Roth, que ha empezado a sacudir las redes sociales con sus fotos explícitas y su nuevo amorío con un hombre al que se le desconoce su identidad.
Mis ojos se abren y estoy segura que no soy la única cuando veo mi rostro, mi cuerpo, una habitación, sábanas y poses de contenido sexual en la pantalla.
El hombre que sostiene mis pechos y besa mi cuello no es ningún desconocido para mí.
Es Colin.

—Con estas fotos que se han estado filtrando desde hace algunas horas no nos queda la menor duda que nuevamente el corredor de la NASCAR y Danielle Roth se encuentran bajo el escándalo de la ruptura, ahora nos podemos dar una idea de que quizás esto tenga que ver con su ruptura de hace dos años cuando el campeón de la copa NASCAR se encontraba en su mejor momento...

No puedo seguir escuchando más porque mi cuerpo se ha ido hacia atrás y no estoy segura si todo ha sido una terrible pesadilla o una mala broma.

Lo único que sé es que ésa que aparece en la televisión no soy yo, pero ahora mismo no puedo demostrarlo porque mi miedo es otro, que perdamos a Zoe para siempre.

Abro los ojos y a las únicas personas que veo son los padres de Logan, a mi hermano y a Bridget conmigo.

—¡Logan! —Grito—¡Logan!

—Shh...—Me tranquiliza mi hermano—Se ha ido, solamente te sostuvo y te trajo a la cama, se ha vuelto loco después de lo que vio y se fue sin decir nada.

—Yo...—Lloro—Yo no... esa no soy yo.

—No queremos juzgarte, Ellie—Interviene Timothy—¿Pero estás segura de eso? Cuando te desmayaste había otra fotografía con el mismo chico, pero tomando un café.

Logan dijo que mentiste, no entendimos de lo que estaba hablando pero luego de ver esa foto fue como que todo lo demás para él era cierto.

Ahora lloro más fuerte, el estómago se me revuelve y corro al baño a vomitar al recordar esas fotografías de contenido sexual. Yo no soy esa mujer, pero se veía tan real todo. La cara de Colin junto con la mía, el color de mi piel, todo parece que fuese verdad, pero no lo es.

Me meto a la ducha y lloro hasta que no puedo sentir el agua sobre mi cuerpo. Bridget entra y me saca del agua, me viste y me pide que vaya a casa con ellos, pero no lo hago. Les pido que me dejen sola y lo entienden.

Mi cuerpo está demasiado cansado como para salir huyendo así que lo único que puedo hacer es meterme a la cama porque ya es hora de dormir. No espero que Logan venga esta noche, seguramente piensa que me fui, pero no. Quiero que venga para poder explicarle todo y más que explicarle mostrarle.

La puerta de la habitación se cierra dando un fuerte portazo y abro los ojos, la luz sigue encendida y veo a Logan al pie de la cama observándome con asco. Está ebrio, lo puedo ver por el brillo de sus ojos. ¿Por qué todos tienen que tomar?

Que no saben que eso solamente impide que puedan entender lo que pasa a su alrededor, a razonar como personas civilizadas y ahorrarse la vergüenza de decir algo que al siguiente día podrán arrepentirse.

—Tenemos que hablar—Le digo sin sentirme intimidada. Me ve de pies a cabeza y no me sorprende nada de lo que se está seguramente imaginando.

—Te mentí—Empieza a decir—No me he follado a pocas mujeres estos últimos dos años. Me he follado a las mejores modelos de la NASCAR, y algunas las conoces, fueron con las que me viste, pero mi favorita es Tasia. Dijo que tú le regalaste el brillo labial rosa, esa noche hice que se lo pusiera más de una vez mientras la follaba por la boca acordándome de la tuya.

Me contengo de caerle encima a golpes, lo que dice es cruel y muy doloroso.

—¿Vas a llorar?—Se burla—Todo lo arreglas llorando o tropezando como la maldita adolescente que eras cuando estuvimos juntos. Hablo en pasado porque después de lo que vi te quiero malditamente fuera de mi vida y la de mi hija porque ahora después de lo que todo el mundo sabe, va a joderme. ¡Me jodiste!

—Logan, todo tiene una explicación—Le ruego llorando, aunque lo odie—Esas fotografías son falsas.

—¡Deja de mentir!—Vuelve a gritar y esta vez sí me asusto—Me dijiste que no lo habías visto. ¿Vas a decirme que esas fotografías también son falsas? ¡Estaban follando!

Soy una mierda.

—No.

—Entonces no hay nada más qué decir, Danielle.

—Por favor, no sé quién ha sido la persona que ha hecho eso, pero yo te juro que...

—¡Cállate!—Camina hacia mí y no puedo retroceder—Yo te di mi vida entera de nuevo en tus manos—Me toma las manos y las aprieta—Te di la vida mía y la de mi hija, dejé que entraras a su vida y es así cómo nos pagas. Si tanto querías follar con él, lo hubieses hecho mejor, y sin que nadie se enterara, soy tan idiota que he estado rogándole a la vida que hubieses pensado mejor tu jugada, pero que no nos afectara de esta manera, no sé si odiarte por haberme engañado u odiarte porque por tu culpa voy a perder a mi hija.

—No es así.

—Es así, ahora entiendo el porqué no querías que te tocara, era porque alguien más lo estaba haciendo aunque dudo que mejor, porque conozco muy bien esa expresión en tu rostro. Dime ¿Es por eso que no le has vuelto a ver? He revisado tu teléfono y no le has respondido los últimos mensajes que te mandó.

—Si tan inteligente eres para sacar conclusiones y si tanto me conoces tienes que saber que todo eso es falso, Logan.

—Lo único que sé es que tengo que decidir de nuevo y mi decisión está tomada—Me suelta y se aleja un poco—Tú o mi hija, voy a luchar por arreglar que tu mierda no arruine el caso y que yo no vaya a perder a mi hija para siempre. No voy a luchar por ti esta vez, y si recupero a mi hija voy a hacer que te olvide así como yo lo haré.

—Para, por favor.

—De nuevo te quedas sola y esta vez la única culpable eres tú. Un favor me has hecho al ya no sentirme culpable de arruinarlo todo. Siempre serás una maldita provocadora y compadezco a tu nuevo amigo de cama, pronto será desechable él también.

Cada una de sus palabras han sido la peor daga que ha clavado en mi corazón, no me duele lo de las mujeres, sé que miente para sentirse mejor y hacerme sentir como él se siente ahora.

Lo pude ver en sus ojos antes de que saliera por la puerta. Pero se equivoca en algo, esta vez no me daré por vencida y voy a arreglarlo.

Le voy a demostrar que ésa no soy yo. Quizás no lo recupere, pero al menos no va a perder más en su vida.

Empaco un poco de ropa y me voy al cajón donde están las llaves del apartamento que compró para mí. Si es inteligente sabrá que estoy ahí cuando todo esto termine. Ahora soy yo la que está molesta con él, por ser tan débil en creer una mentira a medias. Lo único real de esas fotos son las que salgo con Colin tomando un café y me maldigo por haberle mentido, eso solamente alimenta a que crea que las otras fotos también son de verdad.

Salgo de la habitación con mi pequeña maleta y salgo por la puerta trasera, de inmediato me siento segura cuando estoy en el asiento del piloto de mi auto y arranco.

—Logan Loewen—Siseo para mí misma—Ojalá me hubieses escuchado.

Lo peor de todo es que no pude mostrarle la verdad porque también se sorprendería, nadie lo sabe.

Una vez llego a mi apartamento me siento sola pero más que decidida que por primera vez la pérdida siga siendo parte de mi vida.

No dejo de dar vueltas y el sol ha salido, veo la hora del reloj y marco el número de teléfono que robé del despacho de Logan. Él no es tan inteligente después de todo.

—Jamie—Respondo—Soy Danielle Roth, por favor no le digas nada a Logan, sé que son buenos amigos y por lo tanto puedo confiar en ti, necesito verte para que no pierdas tu caso y Logan no pierda a su hija.

Ni siquiera lo dejo hablar, el hombre debe de estar tan sorprendido como yo.

Pero es lo que tengo que hacer. Le doy la dirección de mi apartamento y en menos de dos horas está tocando a la puerta. Ahora sí me siento nerviosa porque quizás cree que soy yo la que aparece en esas fotos.

—Gracias por venir.

—Todo sea por salvar mi cuello y el culo de Logan—Parece amable y es bastante joven, además de ser atractivo, es respetuoso, pero sigo casi escuchando sus pensamientos.

—Voy a empezar por decirte que no soy yo la que aparece en esas fotografías para que dejes de verme así.

—Lo siento—Se ruboriza—Es solo que, Logan y yo somos amigos lejanos, pero buenos amigos, conozco a tu hermano también y conozco la historia que tuviste con Logan, es difícil de creer que sea mentira viendo las pruebas.

No pierdo mi tiempo en llorar y le cuento las cosas como realmente pasaron a un total extraño para mí, pero alguien de confianza para Logan.

Jamie ha maldecido en voz baja y ha anotado unas cuantas cosas. Le he dicho sobre los mensajes que anteriormente recibí y ha decidido investigar, la persona que debió hacerme esas amenazas tiene que ser la misma de los montajes, de eso estoy segura.

Me dice que si se trata de alguien asechándome que lo mejor es que no me quede en el apartamento y vaya a casa de Dean, algo que no había pensado antes y que no discuto. Una vez Jamie se va, me meto a mi coche y llamo a mi cuñada al móvil.

Jamie dijo que me mantendrá informada y también prometió guardar el secreto a Logan. Él no quiere saber nada de mí, así que lo que haga o deje de hacer no será de su interés.

Llego a la casa de mi hermano y de nuevo lo único que hago es llorar, no me he sentido bien y estoy preocupándome cuando empiezo a marearme.

Me voy al baño de Bridget una vez hemos terminado de hablar y le he dicho que simplemente confíe en que esa persona no soy yo.

Entro al baño y me veo al espejo. Saco de la bolsa trasera la prueba de embarazo que he comprado antes de venir aquí y ahora sí estoy muriendo lentamente del miedo.

Mi periodo tuvo que haber venido hace una semana y pensé que quizás con lo que estaba pasando había tenido algún tipo de retraso.

Me hago la prueba y recuerdo la última vez que me hice una, en realidad fue una prueba de sangre, en compañía de mi entonces novio y hombre testarudo que en éste mismo instante no se imagina lo que tengo en mis manos.

Muero de miedo y al mismo tiempo quiero llorar, gritarle que me escuche, que confíe en mí y que lo amo, siempre lo he amado y nunca lo dejaré ir.

Solamente espero que mis planes junto con Jamie salgan al pie de la letra y encontremos al culpable de todo esto.

Algo me dice que se trata de Zoila y quiero equivocarme porque no tengo el corazón tan podrido como ella y la quiero en la vida de Zoe por ser la madre de su madre biológica.

Tomo unas cuantas respiraciones y si antes tenía algún miedo, ahora ya no lo tengo. Voy a luchar por nuestra familia, por Logan, por Zoe y vamos a ir a casa porque muy pronto tendremos a un nuevo miembro de la familia.

Estoy embarazada.

CAPÍTULO 29

—¿Embarazada?—Pregunta al unísono mi hermano y Bridget—Es por eso que te desmayaste, te ves un poco pálida y no paras de llorar. Tú no eres así de llorona.

Mi hermano se burla y limpia mis lágrimas.

—Por favor, tienen que guardar el secreto—Les pido—Cuando todo esto termine se lo diré a Logan... si es que quiere saber de mí.

—Estoy pensando en golpearlo... de nuevo.

—Cariño—Lo regaña su esposa.

—Siempre pasa esto, es un maldito niño cuando se enfadan, pero esta vez llegó lejos. ¡Estás embarazada!

—Él no lo sabe, Dean.

—Pero tiene que saberlo ahora mismo, venir por ti y buscar al culpable de toda esa mierda que se habla en televisión.

—Solamente hay una manera—Les digo bien seria—Y lo haré en la corte.

—¿Vas a ir a la corte?

—Jamie, el abogado de Logan va a ayudarme en eso, no solamente Logan tiene que saber la verdad, también la otra parte y el juez.

—Solamente espero que tengas razón, Ellie. No quiero que salgas lastimada ahora que esperas un bebé.

Estoy embarazada. Me llevo las manos a mi vientre plano y respiro hondo. Al momento en que esas imágenes regresan a mi mente de nuevo me siento mareada y Dean me sostiene con ayuda de Bridget.

—Ellie—Dean me mete a la cama y mi sobrino se hace un ovillo a mi lado—Por favor, sé fuerte.

—Lo soy—tomo su mano—Lo soy gracias a ésta nueva noticia y al apoyo de ustedes.

—Si quieres que te acompañe solamente me lo tienes que decir.

—Estaré bien y les prometo que se los explicaré a ustedes también.

—Yo no necesito que me expliques nada—Replica mi hermano—Sé que mi hermana no es esa mujer de la que todos hablan y tampoco eres capaz de engañar a nadie.

Besa mi frente y yo cierro mis ojos.

Sonrío en mi interior y tengo a dos rostros en mi cabeza, la sonrisa del padre de mi bebé y la sonrisa de su hermana mayor.

...

Dentro de dos días será el último juicio definitivo sobre la custodia de Zoe Stanton y muy pronto Zoe Loewen. Hemos estado en comunicación con Jamie y me ha dado buenas noticias aunque la primera hizo que casi me desmayara, de nuevo.

Logró entrar al móvil de la persona que me mandó los mensajes y eso fue gracias a otro nuevo que recibí ayer.

Las zorras siempre se quedan solas.

Esta vez no sentí miedo, sino asco de que jugara tan bajo.

—¿Ellie? —Colin toma mi mano— ¿Me estás escuchando?

—Lo siento, estoy distraída.

—Ya me doy cuenta.

—Lamento lo de tu trabajo y que hayas roto con tu pareja.

—No importa, ya encontraré otro. De todas maneras no me gustaba estar ahí. Y sobre lo otro, espero que eso también se solucione.

Colin perdió su trabajo, parece que a nadie le hizo gracia que alguien como él se *"Involucrara"* supuestamente con alguien como yo. Pero sé que quien jugó sus cartas fue Logan, a pesar de que está enfadado conmigo no solamente le bastó con golpear a Colin esa misma noche, también hizo que lo despidieran de su trabajo al siguiente día.

—Lamento todo —tomo su mano— Hablaré con mi hermano para que te dé un trabajo en Roth Architects.

—Eso quería escuchar —Se burla y yo me rio.— Pero estaré bien.

—Quiero hacerlo —Insisto— Eres un hombre de negocios, seguro encontrará algo para ti.

No he tocado nada de mi comida y Colin adivinó mi embarazo, según él tiene muchas hermanas y amigas que tienen los mismos síntomas míos... llorar y marearse por cualquier cosa.

—Estoy feliz por ti y por el idiota de Magic, ya no soy su fan a menos de que arregle su mierda y venga a pedirte perdón.

—En todo caso tengo que pedirle perdón yo.

Tuve que haberle dicho la verdad desde que regresamos, pero no pude. Tuve miedo de no ser perfecta para él y que me dejara.

Me despido de Colin y él ha empezado a hablar sobre el Baby shower y esas cosas, le digo que está loco y él me dice que se lo debo. Algo me dice que se lo voy a deber siempre.

Camino esta vez por las calles de Toronto y me detengo al ver una pintura conocida por la vitrina de una tienda de pinturas en blanco y negro. Una que no está a la venta sino que está como una de las más importantes de la galería.

☐ELLIE´S PERFECTION☐
☐*La perfección de Ellie*☐

Entro al leer mi nombre debajo de la gran pintura y ya voy sintiendo las lágrimas formándose en mis ojos.
—Es hermosa ¿Cierto?—Dice una voz femenina.
—Lo es—Respondo sin voltearme.
—La pintó mi novio—Continúa—Las otras las he pintado yo.

Eso hace que me voltee y se me desboca el corazón. Una chica un poco más alta que yo y de cabello café rizado sostiene un pincel en una de sus manos. Su única mano.

—No te asustes—Se ríe—En realidad solamente ocupo una mano para crear las pinturas, pero mi novio cada vez me ayuda con nuevas técnicas.
—¿Tu novio?
—Es artista, se llama Garrett, no tarda en venir, quizás quieras conocerlo y que te cuente la historia de esa pintura, no sé quién es Ellie, pero me encantó desde que la vi, sea quién sea le agradezco, esa pintura en Nueva York fue la que hizo que Garrett y yo nos conociéramos.

Quiero llorar.

Garrett tiene novia, ha encontrado el amor y ella es perfecta. Sé que es perfecta para él.

—Es una pintura... hermosa.

—¿Estás llorando?—Pregunta tocando mi hombro una vez deja el pincel en el suelo—Mierda, lo lamento si dije algo que te hiciera llorar.

—No, no—Me limpio las lágrimas—Es solamente que es una hermosa historia.

Veo la pintura de nuevo y no veo la perfección, Garrett la vio en mí, y seguramente la ve en su novia, yo la veo perfecta.

¿Por qué tardé tanto tiempo en verme así?

—Me tengo que ir—Le digo—Fue un placer conocerte.

—Eva—Me tiende la mano—Me llamo Eva.

—Mucho gusto, Eva—Le tiendo la mano—Yo soy...E...Danielle.

—¿Ellie? —Dice la voz de un hombre detrás de mí—¿Eres tú?

—Danielle—Repite Eva en un susurro—Ellie.

Sus ojos van a la pintura y luego a Garrett, vuelve a sonreírme y hace algo que me sorprende.

Me abraza.

—Los dejaré solos.

—No—La detengo—Por favor, no te vayas.

—Ellie, ¿Qué haces aquí?—Garrett se acerca y me ve de pies a cabeza sonriéndome y un tanto sorprendido.

—Yo... solamente pasaba y tu novia tiene un talento hermoso.

—Cariño, ella es Ellie—Cierro mis ojos porque no quería que supiera que ya sé sobre la pintura con mi nombre—De la que te hablé. Ellie ella es Eva, mi prometida.

—Ha sido un placer conocerla y ver que estás bien—Les sonrío a ambos y veo de nuevo por un segundo la pintura.

—Pronto seremos tres—Dice Eva tocando su vientre y me fijo en un pequeño vientre redondo.

Ahora sí quiero llorar, estoy tan feliz por ellos.

—Vi lo de la televisión—Sigue Garrett—Sé que no eres tú.

Eva está por echarse a llorar y yo también, malditas hormonas. Ella seguramente lo sabe.

—Espero que todo se solucione, Ellie. Tú también mereces ser feliz.

—Lo soy—Mi mano va a dar por acto reflejo a mi vientre y Eva vuelve a abrazarme—Fue lindo verte, felicidades.

—Cuídate, Ellie—Dice Garrett apretando mi mano y eso me hace sonreír—Y por favor ponle un nombre corto a tu bebé.

Les regalo una gran sonrisa de felicidad a los dos y Eva también lo hace. Veo por última vez la pintura y salgo de la tienda.

Perfección.

No sabía que había otro tipo de perfección y es la imperfección. Es momento de hacérselo saber a todos. Y si es posible al mundo entero, pero éste último. Puede esperar un poco más.

CAPÍTULO 30

Muerdo mi labio inferior mientras espero en el baño. He vomitado tres veces antes de venir a la corte y solamente pisé el vestíbulo y tuve que salir corriendo al baño. Jamie me dio instrucciones específicas. Nadie sabrá que yo testificaré, o al menos Logan será el único que no sabrá nada, es una jugada limpia ya que como lo esperábamos, lo que decían en las noticias y que ahora ya no gracias seguramente a mi hermano, lo está usando en contra de Logan.

Salgo del baño y estoy ahora en un pequeño despacho donde hay pocas personas trabajando, parece tipo archivero, y el sonido de las teclas de las computadoras me está volviendo loca.

—¿Ellie? —Jamie entra— ¿Estás lista?
—Sí.

Me aliso mi chaqueta de punto y me aferro a mi único objetivo al final del pasillo. Jamie me dirige hacia dos grandes puertas de color café y siento que voy a desmayarme.

—¡Mierda! Ellie —Me sostiene— ¿Acaso estás embarazada o algo? Porque te mareas demasiado.

—Lo estoy —Digo al fin. Me ha hecho la pregunta varias veces y siempre la evado, aunque confíe en él, sé que irá corriendo a decírselo a Logan.

—Dios santo y has estado en esto metida conmigo —Una vez me estabilizo me suelta —No puedo creer que tengas más huevos que todos nosotros.

—Quizás es un niño —Me burlo.

Abre la puerta y todavía no estamos del todo dentro de la sala, puedo escuchar las voces a lo lejos.

Todavía no es mi momento de entrar y enfrentar a los Stanton y a Logan.

—Tú sabrás cuándo salir una vez me escuches hablar, se va a poner feo pero quiero que te mantengas fuerte. Hazlo esta vez por ese bebé.

—Lo haré —Me aprieta la mano y se va. Me siento sobre un feo sofá café y espero. Los minutos pasan y escucho solamente un par de cosas sobre Zoe, la han interrogado y no le ha gustado nada al abogado de los Stanton lo que la señora de servicios sociales ha dicho de Zoe.

He escuchado a Zoila discutir y a Logan manteniéndose firme diciendo una y otra vez que es el mejor padre para Zoe, me ha dolido cuando ha dicho que su soltería no va a impedirle criarla como se debe, pero aun así me mantengo fuerte.

—Su señoría, como ya todos sabemos y el resto del mundo. El señor Loewen se encuentra involucrado en un escándalo sexual, no es nada bueno que su hija esté en medio de todo ese conflicto en el que su padre siempre va a estar involucrado. Después de todo es una famosa celebridad.

—Objeción, su señoría—Escucho que dice Jamie—Lo que pasó no es más que un accidente y una farsa montada por una persona que lo que menos quiere es la estabilidad emocional de mi cliente, además de que no es casualidad que esas fotografías hayan salido en un momento legal como éste.

Jamie dijo que saliera cuando lo viera necesario. Y en estos momentos lo veo necesario. Respiro hondo y camino hasta la puerta donde se encuentran todos.

Pensé que era una sala pequeña, pero es inmensa y ya varios ojos están puestos en mí.

Sigo caminando hasta llegar en medio de la sala y Logan parece desconcertado cuando me ve. Tiene su mano puesta en su mandíbula y no deja de mover su pie desde que estoy frente a todos.

—¿Qué es esto?—Protesta Zoila—¿Qué hace ella aquí?

—Yo he traído la verdad—Intervengo—Toda ella.

—¿Tú sabías de esto?—Le pregunta a su abogado y éste parece confiado cuando asiente con la cabeza.

—Me imaginé que tarde o temprano aparecería, quizás ha venido a recrear la escena ¿Dónde está su compañero, Dra. Roth? —Juzga el abogado, burlándose de mí.

—Cierra la maldita boca—Le advierte Logan.

—Su señoría, quisiera darle la palabra a la señorita Roth, es la prueba fundamental del caso ahora que se ha desviado al escándalo sexual que ha sufrido mi cliente y ella.

—Proceda, abogado Hart.

Jamie se acerca a mí—¿Estás bien?

—Creo que sí.

—Tienes diez minutos.
—De acuerdo.

Jamie regresa a la mesa y le susurra algo a Logan, en ningún momento ha quitado sus ojos de mí.

—¿Qué tiene que decirnos, señorita Roth? —Escupe el abogado de los Stanton— ¿Va a decirnos que era su doble la de las fotografías?

Es increíble la bajeza de este hombre, veo a Zoila y está más roja que un tomate, a comparación con su marido que siempre está escondido bajo sus faldas.

—Se supone que este juicio es para el bienestar de Zoe y no de que si soy yo o no la que aparece en esas fotografías —Empiezo a decir— Pero la verdad es que sí, yo soy la persona que aparece tomando un café con un amigo, voy a reservarme su nombre porque ya suficiente daño le han hecho y él es otra víctima aquí.

—Si dice que no es la mujer desnuda pero sí la mujer que toma un café ¿Cómo podemos confiar en eso? Basado en que solamente es su palabra contra las pruebas claras que han salido al mundo. No solamente se afectó a sí misma, a su compañía o la reputación del señor Loewen, sino que también es la pieza que no encajaba aquí. Usted, siendo pareja de él, haciéndole creer a todos que eran una pareja estable cuando todo el mundo sabe que su relación no funcionó hace dos años. Todos pensamos que es un montaje que ambos prepararon.

—Tiene razón en lo que dice—Asiente contento— solamente en la palabra montaje. He sido una víctima más en todo esto, no solamente mi amigo y Logan Loewen. Todo ha sido preparado desde hace mucho tiempo, desde que conocí a Zoe para ser más precisa. Empecé recibiendo unos mensajes de texto amenazándome, no le quise dar importancia pero siguieron llegando y ahora esto. Ya el abogado Hart lo mencionó, no se trata de una simple coincidencia, es algo que estaba planificado una vez la señora Stanton supiera que iba a perder a su nieta.

—¿Qué?—Protesta ella—No sabes de lo que hablas, no eres más que una z... arpía.

—¿Zorra?—Termino la palabra por ella—Ésa es la palabra por la cual se ha estado refiriendo a mí siempre, en nuestra casa... en sus mensajes.

—Su señoría, solicito que se retire la Dra. Roth.

—Denegada—Dice el juez—Proceda Dra. Roth.

—El abogado Hart pudo saber de dónde provenían esos mensajes y no quise creerlo. Todos han sido enviados desde el teléfono del señor Stanton.

Bratt abre los ojos como platos y ve a su esposa que quiere salir corriendo pero la detiene.

—Que me haya amenazado no me importa, ni siquiera voy a interceder porque como lo dije desde un inicio estoy aquí por Zoe... mi Zoe.

Cuando digo esto Logan aclara su garganta y no deja de ver cada uno de mis movimientos.

—Lo repito de nuevo—Veo a todos a mi alrededor—Yo no soy la mujer en esas fotografías y se los voy a demostrar ahora.

Me pongo de pie y empiezo por mi chaqueta que cae al suelo.

Los murmullos no me importan, solamente está en mi cabeza la sonrisa de Zoe y estoy segura que mi bebé tendrá la misma, es la sonrisa de su padre junto con sus grandes ojos grises.

Desabrocho mi camiseta blanca y la abro cerrando mis ojos pero al mismo instante los abro. El juez es el primero en llevarse las manos a la boca, Zoila ahoga un grito y Logan no parpadea y sus ojos le brillan. Jamie mueve la nuez de su garganta y asiente.

Yo también tuve la misma reacción cuando me vi al espejo.

La fea cicatriz que empieza por debajo de mi pecho derecho y que termina en mi vientre junto con otras dos son realmente difíciles de asimilar, todavía están de color rosa y el médico dijo que quizás algún día desaparecerían la mitad de ellas con algo de cirugía.

A pesar de que fue hace un año que tuve el accidente en el auto, mi cuerpo había quedado atrapado en el metal de mi propio coche y muchos vidrios incrustados en mí. Es increíble que solamente mi abdomen haya sido afectado y no mi cara, piernas o brazos.

—Puede ponerse de nuevo su ropa, Dra. Roth— Escucho que dice el juez con voz ronca.

Hago lo que me pide, pero todavía tengo algo más que decir.

—No sé si sirva de algo lo que acaban de ver, pero si todavía no es suficiente puedo decir que Logan Loewen es el hombre más maravilloso que he conocido, es el mejor padre, lo sé. Porque lo ha demostrado desde hace dos años.

Se equivoca abogado—Lo veo por un segundo y parece que no puede ni parpadear—lo que pasó hace dos años entre el señor Loewen y yo no es de su incumbencia pero puedo decirle que lo hizo por amor a su hija.

—¿Señor Loewen, sabía usted que la Dra. Roth no era la mujer de las fotografías?—Pregunta el juez.

Logan solamente niega con la cabeza y no quita sus ojos de mí.

—Eso explica todo.

—Pero, su señoría que ella no sea la mujer...

—A lugar, abogado Smith—Le corta enseguida—He estado escuchando lo mismo una y otra vez y la única prueba de que el señor Loewen no estaba capacitado para tener la custodia total de su hija eran esas fotografías que arrojaban a un escándalo sexual.

—Pero...

—Dado el caso en que la Dra. Roth nos ha demostrado que no es ella, además de las pruebas que apuntan que la señora Stanton ha manipulado la investigación para beneficio propio, no solamente está afectándose a sí misma en conservar la custodia, sino también pueden presentarse cargos por difamación por la Dra. Roth y está en todo su derecho de proceder—El juez me ve por última vez y suspira volviendo sus ojos a Logan—Señor Loewen, no me cabe la menor duda en que es usted el padre que la Dra. Roth dice que es, así que le otorgo la custodia completa de su hija Zoe Stanton, está en todo su derecho como patria potestad que sea usted quien tendrá la decisión de dejar que los señores Stanton vean periódicamente a su hija, en todo casi si necesita una orden para que la señora Stanton no se acerque a ella también está en su alcance, después de todo parece que la señora Zoila Stanton es una mujer inestable por lo tanto no es apta cuidar de su hija como no ha sabido cuidarla durante estos años que ha estado con ella.

Señor Loewen, puede ir a casa con su hija que lo espera en la sala de juegos.

El sonido del martillo contra la madera suena como eco en mi interior y solamente quiero llorar de la alegría. —¡No!—Grita Zoila—¡Es mentira!

—¡Basta!—La voz de Bratt me asusta—¡Todo es tu culpa! Por querer controlarlo todo, eres una idiota, siempre lo has sido, una inconsciente y ahora por tu culpa no volveré a ver a mi nieta. No volverás a ver a mi nieta y tampoco me verás a mí. ¡Me cansé!

Hasta que le crecieron los… pantalones.

Cierro mis ojos y veo a Zoe que entra corriendo hacia los brazos de Logan.

Sonrío a Zoe que tiene sus ojos cerrados y salgo pensando en que nunca estuve aquí, que no hubo juicio y que todos son felices, si ellos son felices, yo también y esta vez es así como tiene que ser.
...
Veo por la ventana, está lloviendo y es la mejor vista de todas. No pude quedarme por más que quería. Era su momento y yo ya no soy parte de su familia aunque llevo una parte de él dentro de mí.

No he llorado. Más bien me he reído recordando a mis padres.

No todo lo puedes arreglar.

Se equivocaron esta vez, solamente esta vez. Sí pude arreglar algo, arreglé que una niña fuese feliz con su padre como yo alguna vez lo fui con el mío. Era la muñeca de papá, como Zoe es la princesa de papá.

Llevo una mano a mi vientre y sonrío, no tengo miedo. Por primera vez en mi vida me siento más fuerte que nunca.

Ahora ha cesado de llover.

Tomo mi abrigo y las llaves de mi coche para salir. No había tenido el valor y la fuerza para hacer una visita que para Dean era rutinaria, pero para mí era todavía dolorosa. Él lo entendió y me dijo que cuando estuviese preparada él me acompañaría, pero no dudé en no llamarlo, era algo que necesitaba hacer por mi cuenta.

Ir a visitar a mis padres.

Estaciono el auto debajo de un gran árbol y camino con dos ramos de flores de colores, apretándolos con mi mano temblorosa contra mi pecho, desde ya voy sintiendo que me falta el aire y la sensación de vacío poco a poco se va llenando porque los siento aquí conmigo.

El pasto verde está mojado todavía pero no me importa mojar mis vaqueros cuando me arrodillo frente a su tumba.

—Hola—Me llevo la mano a la boca y aprieto mis ojos para liberar las lágrimas de felicidad y de dolor, todo en un solo sentimiento.—Espero que no estén molestos conmigo porque no he venido a verlos.

Garrett me pidió innumerables veces visitar su tumba, pero me rehusaba una y otra vez, para mí nunca fue fácil asimilar su muerte, a pesar de que había aceptado que de eso se trata la vida, vives y mueres. Para mí no era igual visitar una tumba después de haberlos tenido por más de veinte años a mi lado.

—Han pasado tantas cosas y juraría que puedo escucharles decirme: *"Ellie no todo lo puedes arreglar… las personas no son objetos para que debas repararlas"* tienen razón, las personas no son rompibles o reparables.

Solamente las situaciones y por primera vez en mi vida pude arreglar una situación que no me iba a beneficiar a mí sino a otros, y eso está bien. Por primera vez en la vida no me sentí que debía actuar por inercia y por altruista. Actué por amor.

Me rio y veo las flores que descansan en mi regazo.

—Saben que Logan volvió y la razón por la que se fue, era precisamente esa. Por amor, amor a su hija y por ese mismo amor que nació en mí hacia ella es que pude entender y perdonar su abandono.

No puedo decirles que no me siento triste, porque me está desgarrando el alma haberlo perdido por segunda vez—Mis lágrimas caen sin parar—Pero sé que él está bien ahora.

Ojalá pudieran ver el hombre en el que se ha convertido, siempre testarudo y mal humorado, pero un gran hombre que sacrifica todo por los que ama. Creo que él y Dean se llevan el premio a mejor padre del año. No puedo decirles mucho de Dean porque sé que él viene a verlos y se los cuenta todo, tanto él como yo los extrañamos cada día que pasa y el único consuelo que tenemos es que ustedes dos se fueron amándonos y que están juntos, cuidándonos desde el cielo.

Toco mi vientre por debajo de mi blusa y toco la cicatriz de mi abdomen. Lloro aún más porque no pude decirle la verdad a Logan y salvarlo de la vergüenza de haberme visto expuesta de esa manera por primera vez delante de muchos desconocidos.

—Muchas veces quise decirle a Logan que no era la misma Ellie bella de pies a cabeza y perfecta como él me miraba y decía que era. Tuve miedo de perderlo, de que viera mi cuerpo marcado quizás para siempre, y cuando tuve el valor de decírselo, esas fotografías vinieron a arruinarlo todo. Dejé mi miedo y vergüenza a un lado para salvarlo ahora a él. Logan no lo sabe, sé que ustedes sí, pero el día del accidente solamente hubo una imagen en mi mente que me mantuvo viva por dos horas mientras estaba atrapada en mi coche y fue el rostro de Logan. Jamás había deseado tanto volver a verlo, aunque sea por una última vez, pero sabía que lo volvería a ver, es por eso que no me permití morir, la vida puede ser injusta pero justa a su manera y entre ellas estaba volver a verlo. Pero jamás pensé que quedaría de esta manera y que quizás a él no le importaría, pero pudo más mi miedo, cada vez que me miraba al espejo lloraba ¿Quién querría estar con alguien así?

—Yo.

El sonido del aire que mueve el plástico de las flores es el único que escucho ahora, ya no escucho mi respiración, pero sí los pasos de Logan acercándose detrás de mí.

—Yo quiero estar contigo, nena. —Se arrodilla a mi lado y por más que quisiera pedirle que se vaya, no puedo hacerlo, no solamente porque lo amo, hay algo más que debo decirle.

—Logan.

—Alguien me dijo una vez que de cuántos capítulos iba a ser mi amor ahora —Estudia mi rostro y no deja de sonreírme con sus grandes ojos grises— Quiero decirte que tienes toda mi vida para escribir en ella lo que quieras, pero juntos. Te he amado en secreto desde que eras una niña sin saberlo, siempre respeté que fueses la hermana pequeña de mi mejor amigo y además había alguien en mi vida en ese momento, la mujer que me dio una hija, mi hija, y nuestra si lo sigues deseando tanto como yo, la que te ama y que no deja de preguntar por ti.

Me sonríe, le sonrío y mis lágrimas adornan el momento junto con la brisa que estoy segura se trata de mis padres.

—Señor y señora Roth —Ve y toca los nombres grabados en la lápida gris de mis padres y aclara su garganta— Quizás no fui el mejor ejemplo para Dean de cuando éramos unos adolescentes, quizás no fui el mejor inquilino en su casa mientras me acogieron sin hacer ninguna pregunta sobre mi pasado.

A lo mejor no fui tan valiente para decirles que estaba interesado en su hija mientras tuve la oportunidad de hacerlo.

Logan toma mi mano y la besa, no aparta su mirada de la lápida de mis padres y continúa:

—Pero desde el momento en que empecé a amar su hija fui el hombre más feliz y afortunado del mundo. Tal vez no soy lo que ustedes querían para ella, pero quiero serlo... De algo estoy seguro y puedo jurarlo aquí delante de ustedes y es que seré el mejor esposo y compañero de hogar si ella me acepta.

—Logan—sollozo.

—Nena, no interrumpas cuando hablo con tus padres—Bromea apretando más mi mano y eso me hace reír.

Logan quita su mano por un momento del nombre de ellos y la lleva a su rostro para limpiar una lágrima. Me quiebro más todavía y ahora soy yo quien besa su mano y pongo la mía sobre la suya mientras está de nuevo sobre la piedra.

—Necesito que me digan que está bien amarla y que me ame, que quiera casarme con ella y formar una familia como la que un día tuvo mientras era su hija. Quiero verla sonreír y no importa cuántas cosas quiera reparar, quiero hacerlas con ella.—Toma una respiración y me ve por un segundo para regresar su mirada hacia enfrente—Señor Roth, usted me preguntó en el aeropuerto antes de su partida si era un hombre valiente para luchar por lo que quería.

Sus ojos me dijeron que estaba hablando de su hija y de mí y entonces lo supe, no había marcha atrás. Jamás olvidaré la expresión de aprobación en su rostro, tenía miedo de no ser lo suficiente para ella, cuando realmente era yo quien estaba destinado a pertenecerle.

Oh, Logan.

Ahora recuerdo. Cuando nos despedimos de mis padres en el aeropuerto, pude ver a lo lejos que mi padre susurraba un par de cosas a Logan y éste asentía con la cabeza. Nunca le quise preguntar porque pensé que eran cosas de hombres, quizás le estaba advirtiendo que no se acercara a mí como también poniéndome bajo su ala.

Mi padre lo supo, al igual que mi madre. Ellos sabían que ambos nos amábamos, todo era cuestión de tiempo. Ahora dos años después Logan está frente a ellos de una manera diferente diciéndoles que me ama y que quiere casarse conmigo.

—Logan—Le tomo el rostro y acaricio sus labios—Yo también tengo algo que decirles.

Baja su rostro para besar mi sien y me sonríe por última vez antes de que sea yo quien ponga la mirada fija enfrente. Ahora me siento nerviosa por lo que voy a decirles, y no solamente porque es la noticia que toda mujer teme decir a sus padres, sino que también quiero ver la reacción de Logan.

—Mamá, papá—cierro mis ojos sintiendo el llanto que regresa de nuevo, pero esta vez de felicidad— Voy a ser mamá.

La brisa corre más fuerte, despeinando mi pelo y es momento de ver el rostro de mi amor, no dice nada, no parpadea pero está llorando.

—Acepto—Le digo levantándome un poco con mis rodillas para estar frente a él. Llevo mis manos a su cuello y pongo las de él en mi cintura—Acepto casarme contigo, Logan Loewen.

—Nena—Gimotea—Estás… tú… yo… ¿Seremos padres?

—Felicidades, seremos padres por segunda vez.

Ahora somos dos los conmovidos que estamos abrazándonos en medio del cementerio. Felices eso sí y sé que mis padres desde el cielo también lo están.

CAPÍTULO 31

—¿Cómo sabías que estaba en el cementerio?

Hemos llegado a mi apartamento y hemos estado en silencio por unos buenos minutos, han sido agradables porque desde que llegamos solamente ha estado tocando y besando mi vientre todavía plano.

—No lo sabía—Confiesa un poco nervioso.

Entonces caigo en una simple conclusión.

—Me seguiste.

No ha sido una pregunta. ¿Ahora me sigue? Me pregunto cuántas veces me ha seguido y rio para mis adentros. De todas maneras agradezco que lo haya hecho.

—Logan… pensé que no querías saber nada de mí, después de la resolución del juicio yo no pude quedarme.

—Cuando vi que ya no estabas me volví loco, pero luego Jamie me dijo que te diera un momento, quise matarlo cuando me enteré de que había estado planeando todo esto a mis espaldas, me estaba volviendo loco, quería respuestas pero no sabía dónde buscarlas, hasta que busqué en el cajón y vi que las llaves no estaban.

—No pensé que vendrías.

—Sabía que estarías aquí—Dice llevando sus manos a mi cintura, coloca su mano en mi vientre—Pero no sabía que no estabas sola.
Llevo mi mano a su cabeza y acaricio su cabello.
—Te dije que iba a arruinarlo y que ibas a salir corriendo, pero no me imaginé que la primera vez iba a ser con mi bebé en tu vientre.
No sabía que acudirías aquí porque yo fui el que lo compró para ti, así que las posibilidades eran pocas.
No pensé que querías volver a vernos después de lo que te hice, pero Dean me ha golpeado y me ha dicho toda la verdad, pero yo no podía creerlo.
Veo un pequeño golpe en su ojo derecho, no me fijé en él cuando estábamos en el cementerio. Llevo mi mano hasta ahí, me duele más a mí que a él. Mi hermano cumplió su promesa de volver a golpearlo, voy a hablar seriamente con él.
No puede hacer esto cada vez que Logan y yo peleamos.
Se levanta del sofá conmigo y me toma de las manos para caminar en el centro del salón. Sigo confundida hasta que veo que se pone de rodillas.
—Levántate, Logan.—digo asustada.—No tienes que hacer esto.
—No—Responde besando mi vientre y me mira—No hasta pedirte perdón, y me contestes una cosa, Danielle Roth. Todavía falta algo más.
—No tengo nada que perdonarte, estabas enfadado y los celos te cegaron, has recuperado a Zoe y es lo único que importa.
—La hemos recuperado.
Sonrío—¿Qué es la otra cosa?

—¿Quieres casarte conmigo? Hace un rato se lo pedí a tus padres, pero también tengo que preguntártelo a ti, sé que has aceptado pero tengo que volver a escucharlo porque creo que todavía estoy soñando.

Oh, Dios… que me desmayo.

—Logan, cariño —Sollozo— Por favor levántate, acepto casarme contigo, te lo repito una y otra vez pero tienes que ayudarme porque creo que me voy a…

No, no me desmayé, mi novio y prometido selló mis labios con un gran beso. Que mandó señales a mi cabeza de que me mantuviera despierta por lo que mi cuerpo pedía a gritos y era sentir sus caricias de nuevo.

Logan me llevó esta vez hasta la cama. Me desnudó con la luz encendida y la lluvia acompañaba nuestro momento también en el momento perfecto. Esta vez no me dio vergüenza que viera mi cuerpo de pies a cabeza mientras los ojos se me llenaban de lágrimas de felicidad.

Cuando Garrett me vio por primera vez lloré y arruiné el momento, no fue hasta un mes después que pude permitir que me tocara y solamente hacíamos el amor con las luces apagadas.

Ahora ya nada de eso importaba, mi vida era otra y una muy feliz estaba por venir. Logan no parpadeó cuando vio de nuevo la cicatriz en mi cuerpo. Su mirada llena de deseo seguía ahí, intacta y decidida a seguir explorándome, con su tacto y amor.

—Eres perfecta… siempre serás perfecta para mí.

Y le creí. Le sonreí. En ningún momento quise echarme a llorar. Y a sentir lástima por mí misma. ¿Por qué iba a sentirme así? Si el hombre más guapo del mundo, de mi mundo me estaba amando con ganas y admiración y por supuesto yo también.

CAPÍTULO 32

—¿Adónde vamos con tanta prisa? —Le pregunto— Nos están esperando en la recepción y me has hecho correr con mi vestido de novia.

—Nena, todavía hay algo que debo cumplir.

Veo que estacionamos en una residencia, y no es cualquiera, la conozco perfectamente porque he tenido la oportunidad de venir a ver a alguien muy especial cada vez que es su cumpleaños.

Creo que voy a llorar… pero esto será divertido también.

Logan se baja del auto y abre la puerta para mí, sabe que sé perfectamente donde estamos y no dice nada.

Tiene razón, todavía hay algo pendiente.

Ya en la puerta esperan por nosotros, dos pares de ojos nos sonríen y Logan toma mi mano cuando nos invitan a pasar.

—Está lista —Nos avisa— Pensé que estaba bromeando, Dra. Roth.

—Yo no lo sabía —Me divierto— Pero será entretenido.

Lyci sale corriendo hacia nosotros y yo empiezo a reirme y retroceder el tiempo hacia un momento que jamás pensé se volvería realidad.

—Por favor, cásate con ella.—Le dijo Lyci hace dos años.

—¿Por qué debería casarme con ella, pequeña?

—¡Porque así podré pintarle la cara con marcadores!—Exclamó emocionada.

—De acuerdo—Le dio un beso en la mejilla—Cuando eso pase te lo haré saber y si quieres me pintas a mí en vez de a ella, creo que soy más atractivo.

Ahora estamos aquí, Lyci tiene listo todo su set de marcadores y Logan se quita la pajarita y me sonríe guiñándome un ojo.

Los padres de Lyci nos acompañan divertidos.

—Te dije que me casaría con ella—Le dice Logan a Lyci—Ahora debes pintar mi cara, y debo retractarme, mi esposa es la más bella de todas.

Lyci ríe divertida llevando el primer marcador color rojo a la frente de Logan y yo hago una mueca por el desastre y al mismo tiempo le digo con movimiento de labios que está loco.

—Y yo siempre gano una apuesta.

No paro de reirme y veo la expresión de felicidad de Lyci y la de sus padres, es una niña hermosa, valiente y fuerte.

—No te preocupes—Me susurra su madre—No son permanentes.

—¿Ah, no?

—No íbamos a dejar que pasaran su noche de bodas con un novio luciendo como una caricatura.

Veo a Logan de nuevo y escucho a Lyci reírse a carcajadas cuando le saca la lengua.

Me acerco a ellos y Lyci me da uno de sus marcadores incitándome a que participe y lo hago. No busco su rostro, en cambio busco su mano y escribo en el centro de ella.

Nunca me dejes ir.

Lo demás él ya lo sabe y no hay nada más en el mundo más perfecto que la sensación de sentirlo mío y sé que se quedará para siempre a mi lado.

Cada noche en que pueda sentir sus besos, su lengua en todo mi cuerpo como el bálsamo para sanar.

Sé que las cicatrices van a desaparecer con el tiempo, quizás con los años, pero ahora no me importa. Solamente lo que llevo dentro, mi amor por él y nuestro bebé que ya quiero que esté con nosotros para empezar a cumplir ese sueño y que la vida cumpla su promesa de que Logan Loewen y yo NUNCA vamos a dejar aquello que ya el destino tenía preparado para nosotros…

El amor… NUESTRO AMOR.

EPÍLOGO

Logan

Cuatro años después.

Ellie tenía miedo de que una vez juntos mi vida como corredor iba a seguir siendo parte de mi vida, eso implicaría ausencias en casa por las temporadas de la NASCAR. Pero lo que no sabía mi esposa era que yo ya tenía planes desde hace cuatro años cuando me entregó su amor de nuevo y yo empezaba a ser el hombre más feliz del mundo… de nuevo.

Durante esos dos años que estuve sin ella, no solamente tenía que recuperar a mi hija, tenía que construir nuevas metas y tener algo que ofrecerle a Ellie una vez la recuperara. Sabía que la recuperaría de eso no me cabía la menor duda, aunque mi gran ego me golpeó en la cara y en mis bolas una vez vi que ella había continuado con su vida y Logan Loewen no existía más para ella.

Pero cuando vi que abrazaba y acariciaba a mi hija, mi mundo se detuvo y con ello empezaría a darle vuelta otra vez hasta tenerla conmigo.
Y así fue.

Zayn, el hermano mayor de Azura y manager se estaba encargando de todo en mi ausencia y ahora todo había valido la pena. Podía ver en el rostro de Ellie que tenía miedo, pero una vez nuestra hija nació, le mostré lo que era de ellas, las tres mujeres de mi vida.

Magic Roush Racing.

Tengo mi propio equipo F1 (Formula 1) en la NASCAR, no necesito correr nunca más, a menos que sea para ver a mi chica gritar mi nombre. Pero no estoy seguro de eso, no quiero ojos en ella o en mis hijas, son mías, mi familia.

—Papi, el tío Zayn no entiende que Chloe no puede entrar a la piscina ¡No lleva flotador!—Mi hija mayor Zoe, entra a mi despacho sin tocar y continúa hablándome con sus manos en la cintura.

—Princesa, dile al tío Zayn que le ponga uno o se lo pones tú.

—No, quiero que vengas tú a ponérselo y que le digas al tío que es peligroso que una niña de esa edad entre a la piscina sin un flotador. A Ethan y a mí no nos hace caso.

Eso suena a palabras de su madre. Hablando de su madre.

—¿Dónde está tu madre?—Le pregunto mientras dejo de ver los vídeos de la nueva temporada de mi equipo—Suenas como ella y me la has recordado.

Se ríe, lo sabía. Ella y Zoe son un gran equipo cuando se trata de hacer de las suyas, hace diez minutos vino Ellie a decirme que dejara de ver vídeos y saliera a bañar a la piscina con nuestras hijas mientras ella preparaba la comida con una Bridget embarazada y demasiado hormonal. Dean no tarda en venir y ya me estoy desesperando, no es que el tío Zayn no sea de mi agrado, es como un hermano, pero cuando está con su padre no dejan de burlarse de mí y lo ermitaño que me he hecho desde que me casé y dejé de correr.

—Por favor, papá ¡Por favor, por favor!

—Ahora voy contigo, princesa.

Se va corriendo y yo salgo de mi despacho. Echo un último vistazo a la fotografía familiar y sonrío en el interior.

El aroma que viene de la cocina me llama, no solamente eso, sino la carcajada de mi esposa en compañía de su mejor amiga y cuñada.

—Hola, aquí.

—Cariño—Me sonríe mi mujer—¿Te decidiste a salir?

—Será porque tu espía me convenció.

—No seas holgazán—Le sigue Bridget—Ya hasta en eso te pareces a Dean.

—Al contrario de Dean es que yo mantengo a mi mujer feliz y contenta a pesar de que está embarazada. No como tú, que con ese genio…

—¡Logan!—Me reprende, Ellie. Se frota su vientre redondo y Bridget se ríe, nos gusta ver a Ellie molesta últimamente porque frunce el cejo y pone morritos que lo único que hace es que la lleve a nuestra alcoba y le haga el amor hasta que salga el sol—No seas grosero y vete de aquí sino quieres que me enfade contigo.

—De acuerdo, nena.—Me acerco a ella y le doy un beso largo en los labios, alguien carraspea la garganta, su hermano y mi mejor amigo ha llegado a hacer lo mismo con su esposa.

—Búsquense una habitación los cuatro—Escucho que dice Zayn divertido.

—¿Dónde están mis hijas?—Casi me da un infarto—Si las dejaste solas te mato, Zayn Stanton.

—¡Las niñas!—Se burla—Están con el abuelo no seas exagerado.

Me llevo las manos a mi pecho y respiro hondo. Ya paso de los treinta y no es bueno que juegue así, aunque siempre lo ha hecho desde que lo conozco. Su hermana era igual y según cuenta Bratt ahora, les gustaba gastarle bromas a los demás desde que eran unos niños.

Salgo de la cocina y veo a Bratt a lo lejos junto con Zoe intentando ponerle el bañador a la pequeña Chloe. Mi suegro parece que no lo lleva bien y Zoe lo regaña porque no lo hace como debe de hacerlo.

—El brazo ahí, abuelo.

—Que así va ¿Verdad, Chloe?

Ella hace una mueca porque no entiende nada del bañador, ya hablaré con Ellie porque estos bañadores no me gustan nada, el de Zoe es pasable aunque no lo apruebo del todo, pero el de Chloe, ése sí que no.

—Dame a mi hija—Le gruño—Chloe no uses eso, Zoe consíguele otro bañador a tu hermana esto parece otra cosa menos un bañador de una niña de cuatro años.

—Pero si está bonito, tiene toda la espalda descubierta y hasta enseña el ombligo.

—Princesa, ve y trae otro que le cubra desde el cuello hasta los tobillos y si es posible busca uno para ti también.

Pone los ojos en blanco, igual que como lo hace su madre y se va. Minutos después regresa con un bañador diferente para Chloe, pero veo que ella no se cambió el suyo.

—¿Qué?—Protesta.

—No te has cambiado, señorita.

—No empieces, papá.

—Bratt—Acudo a su ayuda—Dile a tu nieta que me obedezca.

—Zoe, obedece a tu padre.

Ella se ríe y él también. Increíble, nadie en esta casa está de mi lado. Me doy por vencido y una vez termino de ponerle el bañador a mi hija, le pongo su flotador y Zayn la mete a la piscina junto con Zoe y Ethan.

Veo a mis hijas sonreír y casi me conmuevo cuando pienso que dentro de poco tendremos a nuestro hijo también con nosotros, es un milagro ya que Ellie tuvo algunas complicaciones durante el embarazo de Chloe pero no se dio por vencida, ni yo tampoco. Ahora en el embarazo de nuestro hijo al cual llamaremos como su padre, ha sido todo menos complicado, he visto reír más a mi mujer y no parece que estuviese pasando por las diferentes etapas de embarazo.

Estoy orgulloso de ella.

—¡Hola!—Escucho que grita mi madre—¡Hemos llegado!

Las niñas salen de la piscina en busca de los brazos de su abuela, veo a mi padre venir detrás y no le importa que mis hijas los mojen, ambos las abrazan y las besan mientras a mí se me revuelve todo.

¡Joder! Parece que Ellie me haya pasado sus hormonas de embarazada.

Mi padre me da un abrazo y yo beso a mi madre en su sien después de darle un gran abrazo. Los abuelos de inmediato empiezan a hablar sobre lo grande que están las niñas y lo nerviosos que están para cuando llegue el hombrecito de la casa.

Veo a Bratt y es un hombre diferente ahora. Después de que se divorciara al fin de Zoila, viajó hasta Londres unos meses, estuvo en comunicación conmigo y me pidió perdón por todo lo que había ocurrido en el pasado.

Mi esposa ya me había enseñado a perdonar y a dar segundas oportunidades, por lo que olvidamos todo, incluso llegué a perdonar a Zoila, aunque ella desapareció seguramente por miedo a que yo presentara cargos en su contra y la verdad es que así lo hice.

Cuando Ellie se enteró me pidió que dejara de luchar por un castigo, a la larga tenía razón. De lo único que tenía que preocuparme era de mi familia y lo hice, por lo que no volvimos a saber más de Zoila Stanton.

Ahora Bratt visitaba a las niñas, no se había vuelto a casar y seguía teniendo muy presente el recuerdo de su hija. Todos recordábamos a Azura, incluso mi esposa me sorprendió una vez que la seguí cuando viajamos por última vez a Londres, había llevado flores a la tumba de Azura y juro por mi vida que me enamoré más de ella si fuese posible.

Ella es simplemente increíble.

Mantuvimos una conversación esa noche, ella no sabe o quizás lo imagina que yo la seguí, pero esa noche tocamos el tema, sobre decirle a Zoe la verdad sobre su madre biológica y todavía se me sacude el corazón cuando recuerdo sus palabras.

—Si Zoe por alguna razón siente que su corazón no está completo y siente que no soy su verdadera madre—Hizo una pausa antes de llorar—Yo seré la primera en hablarle de su madre si ella me lo permite. Pero si ella es tan feliz como lo soy yo siendo su madre, respetaremos eso, no quiero que crezca sintiéndose que es diferente a los demás, hablaremos de Azura cuando llegue el momento y estoy segura que Zoe lo entenderá, ella tiene derecho de saber que su madre fue una mujer valiente que vivió hasta el final para traerla al mundo.

No me resistí. La amé como si se tratara de la primera vez y estoy seguro que ése pequeño incidente y arrebato mío hizo que ahora estemos esperando a nuestro tercer hijo.

He aprendido mucho estando a su lado, aunque diga todo lo contrario.

¿Qué puedo enseñarle a la mujer que me enseñó a vivir? Espero algún día encontrar esa respuesta, aunque no importa nada de eso ahora, soy feliz.

...

Mi esposa me sorprende llegando por detrás mientras veo el cielo estrellado desde el jardín de nuestra casa.

—Te perdiste los chistes de Zayn—Se ríe en mi espalda—Creo que Zoe está aprendiendo ya algunos.

—Voy a tener que hablar seriamente con él.

—Deja que aprenda—Me regaña—Nosotros somos aburridos y necesita que alguien le enseñe esas cosas, ella será la guía de Chloe y de nuestro hijo cuando nazca.

—Entonces estoy a salvo—me doy la vuelta y la acerco hacia mí para besar sus labios y tocar su vientre abultado—Tiene tu mismo carácter.

—Te amo—Me susurra y mi cremallera se alborota enseguida, siempre funciona—Te amo cada día más que ya no tengo otra cosa más que ofrecer.

Me hace reír.

—Yo tengo unas cuantas cosas que ofrecerle, señora Loewen—Le digo mientras la aferro más a mi cuerpo y que sienta mi dureza.

—¿En serio?—Levanta una ceja coqueta—¿Y qué es eso, señor Loewen?

—Te ofrezco recuerdos nuevos, risas hasta que duelan—Se sonroja y ni siquiera he terminado—Sexo, mucho sexo, consolarte cuando haga falta y reconciliaciones que valgan los dramas.

No dejo que proteste porque ya estoy devorándole la boca y tocando todo lo que es mío. Hasta su corazón, ése lo llevo siempre conmigo y NUNCA lo dejaré caer.

¿Para qué tanta coraza si lo que duele está adentro? A mí dejó de dolerme desde que Danielle Roth llegó a mi vida, ella no lo sabe, pero ella me ha enseñado a vivir y a superar las pérdidas de la vida. Desde que me fui por aquellos dos años mi vida fue un infierno, pero era su recuerdo y el latir de mi corazón que me impulsaban a seguir adelante, quería darle una familia de verdad a Zoe, y la quería con Ellie. No pensaba que ella me aceptara con maletas y con una hija en brazos, pero cuando supe que había hecho su sueño realidad en convertirse en la mejor doctora no lo pensé dos veces para decirle a los Stanton que enviaran a Zoe a Canadá, sabía que de una u otra forma ellas se encontrarían y luego llegaría yo.

Quería que se conocieran primero, pero ella se enamoró tanto como mi hija de ella y no hizo falta nada más para que fuese perfecto.

No solamente salvó mi vida, también la de mi hija, la hizo que saliera al mundo real y luchara con esos miedos que todo niño especial tiene. Ahora Zoe cuida y ama a su madre y su hermana pequeña, es sobreprotectora como Ellie y rebelde como yo, esto último me hace reír siempre.

—Por favor, mi amor —Le susurro en su oído— Nunca me dejes de amar.

—Oh, Logan Loewen —Se ríe— Nunca he dejado de hacerlo.

Ahora es ella que no me deja protestar cuando se aferra más a mi cuello y muerde mis labios. Desde aquí podemos escuchar las risas de los niños, los murmullos de nuestra familia. Pero lo más importante de todo.

El amor que se respira en el aire… Ése nunca nos ha dejado ir y NUNCA LO HARÁ.

FIN

www.krisbuendiaautor.com
Sitio Oficial
©Kris Buendia

Kris Buendia, nació el 26 de Junio de 1991, Hondureña. Escritora dando un paso a la vez.
"Escribo porque no me fío de mi memoria, voy desempolvando sueños para crear mis propias historias y hacer soñar a otros."

Made in the USA
Coppell, TX
09 March 2023

14014198R00169